ふしぎ駄《だ》菓《が》子《し》屋《や》 ・銭《ぜに》天《てん》堂《どう》・

7

廣嶋玲子・作　jyajya・絵

目《もく》次《じ》

やるきの力
火あめ

ブックデザイン　鷹觜麻衣子

ふしぎ駄《だ》菓《が》子《し》屋《や》
・銭《ぜに》天《てん》堂《どう》・

7

廣嶋玲子・作　jyajya・絵

プロローグ

星も月もない暗《くら》い夜空の下、一人の女が立っていた。赤紫色《あかむらさきいろ》の着物《きもの》を着た、大きな女だ。その髪《かみ》は雪のように白く、でも、顔はふっくらとして、しわひとつない。ひょうひょうと冷《つめ》たい風が吹《ふ》く中、どっしりと大地をふみしめている。

と、女の前に男があらわれた。ひょろっと背《せ》の高い、やせた男だ。やたらと長いシルクハットをかぶり、黒いマントをまとっている。しっかりとなでつけてある髪と、先をぴんととがらせたあごひげは、なんと、熟《じゅく》したイチゴ色だ。

見た目は紳士《しんし》だが、こずるそうな笑《わら》いが顔にはりついていて、信用《しんよう》ならない感《かん》じがした。

にやにやしながら、男は女に話しかけた。

「へへへ。よく来てくれやしたね」

「果《は》たし状《じょう》を受《う》けた以上《いじょう》、逃《に》げだすようなまねはしないでござんす」

女は、おちつきはらったようすで答えた。

「それより、怪童《かいどう》さん。勝負《しょうぶ》をしたいならしたいと、そう直接《ちょくせつ》いってくださんせ。いちいち、あんないやがらせをしなくたって、よかったんじゃござんせんか？」

「へへへ。いやあ、できるだけいやがらせしろって、たのまれちまったもんでねぇ。まあ、かんべんしてほしいでやんす」

「たのまれたって……もしかして、『たたりめ堂《どう》』のよどみさんに？」

「あたり。あの人はほら、今、身《み》うごきとれないでやんすから。それでもう、きげんがわるいのなんのって。ま、想像《そうぞう》はつくでやんしょ？」

「……」

「ほらほら、そうやって興味《きょうみ》ないって顔するから、よどみちゃんもむきになるんでやんすよ。本気で勝負してやりゃ、あちらの気もすむってもんなのに」

「そんなことより、話をすすめようじゃござんせんか。うごけぬよどみさんのかわりに、今度《こんど》は怪童《かいどう》さん、あなたが、この紅子《べにこ》と勝負《しょうぶ》をするってわけでござんすかえ？」

そのとおりと、男は指《ゆび》をパチンと鳴らした。

「あたしもね、べつに、おたくにうらみがあるわけじゃないんでやんすよ？　ただねぇ、いうとおりにすれば、『悪鬼《あっき》の型《かた》ぬき』をくれるって、よどみちゃんがいってくれやして。それも七種類《しゅるい》、ぜんぶ。あたしの遊園地《ゆうえんち》のおみやげ売《う》り場《ば》に、あれをつかったお菓子《かし》をぜひとも出したいんでやんすよ。ってことで、なにがなんでも、おたくと勝負しなけりゃならないってわけで」

「……」

「あ、だいじょうぶでやんすよ。『たたりめ堂《どう》』の在庫菓子《ざいこがし》を好《す》きにつかっていいって、よどみちゃんからいわれてるんで。それに、ちょっとしたおもちゃとかなら、あたしのほうからもまわせるし。つまり、菓子と菓子で勝負できるってわけで。だから、勝負しやしょうよ。ね？」

「しかし、勝負といわれましてもねぇ」

紅子はしぶい顔をした。

「よどみさんにもいったんでござんすが、うちは運《うん》だめしの店。だいたい、勝負《しょうぶ》などをする店ではないんでござんす」

「そこんとこも、だいじょうぶでやんす。ちゃんと考えてきやしたからね」

男は、ぱっと、人差《ひとさ》し指《ゆび》を立てた。

「一か月。一か月間だけ、『銭天堂《ぜにてんどう》』に、こちらの菓子《かし》をおかせてほしいんでやんす」

「うちの店に、そちらのお菓子を？」

「さようで。で、やってきた幸運《こううん》のお客《きゃく》さんのうち、何人がこちらの菓子をえらぶか。何枚《なんまい》の幸運のお宝《たから》が、あたしの手にわたるか。その数の多いほうで、勝負をつけようじゃありやせんか」

「なるほど。そのやり方なら、運だめしという、うちの店のモットーをこわすことにもならないというわけでござんすね？」

「そういうことで。いかがでやんす？」

「……ようござんす」

紅子《べにこ》はゆっくりとうなずいた。

「では、特別《とくべつ》セールということで、そちらのお菓子《かし》をおこうじゃござんせんか。幸運《こううん》のお客《きゃく》さまが、どちらの菓子をおえらびになるか。それは、この紅子《べにこ》も興味《きょうみ》があることでござんす。どちらの菓子で運をつかむか、それとも手ばなすか。ふふ、ちょいとおもしろいじゃござんせんか」

「へへ。乗《の》り気《き》になってもらえて、なにより。それじゃ、さっそく明日にでも、菓子を持《も》ちこませていただきやすよ」

赤ひげの男は、にやっと笑《わら》った。

ドリームドーム

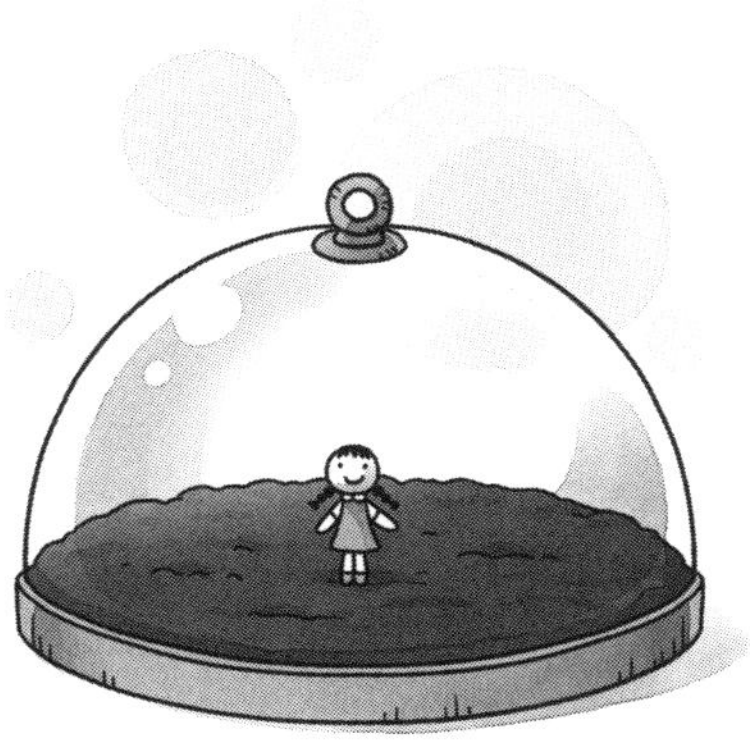

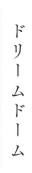

ひろみは、自分の家がきらいだ。

せまくて、見た目もわるいおんぼろアパート。あちこちガタがきているから、水道はよくこわれるし、すきま風も入ってくる。おまけに、目の前は大きな道路《どうろ》だから、真夜中《まよなか》でも車の音がうるさい。

生まれてから十年間、住《す》んでいるけれど、好《す》きになれない。これからだってむりだろう。だから、「ひろちゃんちにあそびに行ってもいい?」と、友だちにいわれても、「ごめん。きょうはだめなの」と、ことわるようにしている。こんなところに住んでいるなんて、ぜったい知られたくない。

でもまあ、古くてきたないのは、まだがまんできる。いちばんいやなのは、ペット禁止《きんし》だってところだ。

ひろみは動物《どうぶつ》が大好きで、ペットがほしくてたまらなかった。

犬や猫《ねこ》なら、もう最高《さいこう》。それがだめなら、インコや文鳥《ぶんちょう》でもいいから、ほしいほしい!

なのに、「ここではペットは飼《か》えないの。だいたい、ペットなんてむり! せまいんだから！」と、お母さんはとりあってくれない。

「家の中のいらないものをすてれば、ペットの一匹《ぴき》や二匹《ひき》、ぜったい飼《か》えるはずなのになぁ。……でも、うちのお母さん、ぜったいすてないんだよね」

なんでももったいながるお母さんのせいで、いろいろなものをつめこんだ段《だん》ボール箱《ばこ》が山積《やまづ》みになってしまっている。あの段ボールの山をかたづけるだけで、部屋《へや》の中はずいぶん広くなるだろうに。

自分で押《お》し入《い》れをきれいにして、こっそりなにか飼えないかな？　ハムスターなら小さいし、見つからないかも。でも、暗《くら》い押し入れの中にずっと入れておくのは、かわいそうだしなぁ。

もんもんと考えながら、ひろみは道を歩きつづけた。行き先は、なじみのパン屋《や》だ。お母さんに、食パンを買ってきてといわれたのだ。

わたされた五百円で、パンのかわりに金魚を買えたらなぁ。かわいい白と赤の金魚なんか、もう最高《さいこう》なのに。

そんなことを考えていたからだろう。ひろみは道をまちがえてしまった。うっかり、知らない路地《ろじ》に入りこんでしまったのだ。出ようとすると、さらに奥《おく》へと入ってしまう。

ちょっとこわくなったときだ。奥に、店が一軒《けん》あることに気づいた。

小さな店で、いかにも古そうだったけれど、なんだかひろみのことをよんでいるような感《かん》じがする。パン屋《や》のこともわすれて、ひろみはその店に近づいていった。

店は駄菓子屋《だがしや》だった。軒先《のきさき》に、お菓子《かし》がずらっとならんでいる。遠くから見るだけでも、そのお菓子たちがふつうでないことはわかった。「あめふるあめ」、「友だちチョコレート」、「えんきりドーナッツ」、「カンカン激怒缶《げきどかん》」、「たぶらかし菓子」、「ジャンピングミ」、「猛獣《もうじゅう》ビスケット」、「カッパパイン」。

見たこともない、まるで魔法《まほう》がかかっているかのように、かがやいて見えるお菓子たち。

すてき。ほんとにすてき。

ふらふらと店の中に入ってみれば、もっとたくさんのお菓子やおもちゃが出むかえてくれた。

「虹色《にじいろ》みずあめ」、「ケロケロキャンディ」、「たたりあんこ」、「しわとり梅干《うめぼ》し」、「ひねくれサブレ」、「眠《ねむ》れませんべい」、「のっぺらスティック」、「悪酔《わるよ》いヨーヨー」、「武道《ぶどう》ぶどう」、「がんこだんご」、「鬼《おに》のきなこ棒《ぼう》」、「悪夢《あくむ》ガム」、「自信《じしん》まんまんじゅう」。

なんだか、すこしぶきみなものもあるが、そういうものでさえ魅力的《みりょくてき》だ。

せっかくだから、なにか買ってみたい。でも、いったい、どれにしよう？

目をさまよわせていたときだ。ひろみは、はっと息《いき》をのんだ。

店の手前にある小さな冷蔵庫《れいぞうこ》のそばに、一つの箱《はこ》がおいてあった。ランドセルが入ってしまいそうな大きさで、空色の地《じ》の上に、ふわふわと白い雲のもようが入っている。真《ま》ん中《なか》には、虹色の文字で「ドリームドーム」と書いてあった。横《よこ》には小さく、「チヂミントガムつき」ともある。

これだ！　これがいい！

なぜかわからないが、ものすごくほしくなり、ひろみはそちらにかけよって、箱をつかんだ。ずしっとした重《おも》みがあった。その瞬間《しゅんかん》、もうこの箱をぜったいに手ばなしてはいけない気がした。

これは、あたしのものよ！

「ほしいものが見つかったんでござんすね？」

とつぜんの声に、ひろみはとびあがった。

いつのまにか、店の中に女の人がいた。色とりどりのガラス玉のかんざしで頭をかざった、着物《きもの》すがたの女の人だ。髪《かみ》が真《ま》っ白《しろ》なので、おばあさんかと思ったけれど、顔はふっくらとして若々《わかわか》しい。その体はとても大きく、まるでおすもうさんのようだ。

いったい、今までどこにかくれていたんだろう？　こんな大きな人を見落《みお》としていたなんて、信《しん》じられない。

目を白黒させているひろみに、おばさんは小さく笑《わら》った。

「そちらの品《しな》で決《き》めてしまって、本当にようござんすかえ？　ただいま特別《とくべつ》セール中でござんして、よろしければ、ほかのお菓子《かし》も紹介《しょうかい》するでござんすよ」

「あ、い、いえ！　これがいいです！」

「なるほど。お気持《きも》ちは決まっているんでござんすね。ならば、こちらも気持ちよくお売りいたしましょう。お代《だい》は、五百円でござんす」

ちょうど、ひろみは五百円玉を持《も》っていた。お母さんに「パン代ね」とわたされたお金だ。ひろみはまよわず、それをわたした。どうしても「ドリームドーム」がほしかったからだ。

「あい、たしかに。平成《へいせい》六年の五百円玉。本日の幸運《こううん》のお宝《たから》でござんす。それでは、『ドリームドーム』はお客《きゃく》さまのものでござんす」

そのあと、おばさんは、ひろみの顔をじっとのぞきこんだ。

「一つだけ、いわせてくださんせ。『ドリームドーム』は、あくまで夢《ゆめ》として楽しむもの。夢をかなえてくれるものではないということを、よくよくわきまえてくださんせ」

へんなことをいうなと思ったけれど、ききかえすのもめんどうくさかったので、ひろみは大いそぎでうなずいた。

「わかりました。ちゃんとわきまえます。ありがとうございました！」

ひろみは「ドリームドーム」の箱《はこ》をしっかりかかえて、駄菓子屋《だがしや》をとびだした。ほしいものは手に入ったし、それに、お金だってすっからかんだ。もうここには用はない。

買《か》い物《もの》をたのまれたこともわすれて、ひろみは家まで走って帰った。

もちろん、お母さんには、がっつりおこられた。

「小学四年生にもなって、買い物一つできないの！　おまけに、なに？　お金をべつなものにつかうなんて！　もういいわ！　お母さん、自分でパンを買ってくるから！」

ぷんぷんしながら、お母さんは出かけていった。

一人になれた！　これはチャンスだ！

大目玉をくらったことなど、けろりとわすれて、ひろみはさっそく「ドリームドーム」の箱《はこ》をあけてみた。

中から出てきたのは、おわんをふせたような形の透明《とうめい》なガラスのケースだった。ひらたいお皿《さら》の上に、半分に切ったサッカーボールくらいのふたが、かぶせてある。さらに、土のようなものがつまった袋《ふくろ》が一つ、小箱《こばこ》が一つ、小さなガムがひと箱、出てきた。あと、説明書《せつめいしょ》が一枚《まい》。

ひろみはそれを読んでみた。知らない漢字《かんじ》だらけだったが、なんとなく理解《りかい》はできた。

「えっと、つまり……袋《ふくろ》の土をお皿《さら》にのっけて、たいらにすればいいのかな？　で、小さな箱《はこ》に人形《にんぎょう》が入っているから、土の上に立たせて、ケースのふたをすればいいと」

とにかく、やってみることにした。ケースのてっぺんについている取《と》っ手《て》をひっぱると、ぱかっと、かんたんにふたがとれた。お皿のほうに、袋から出した土をしっかりと盛《も》りつけた。まるで、植物《しょくぶつ》を植《う》える準備《じゅんび》をしているような気分だ。

最後《さいご》に、小さな箱をあけて、中身《なかみ》をひっぱりだした。出てきたのは、ひろみの小指《こゆび》の先ほどしかない、小さな小さな人形だった。どうやら女の子のようで、髪《かみ》をおさげにしている。

「あたしみたい！」

なんとなくうれしくなりながら、ひろみは人形を土の上において、ケースのふたをおろした。

さて、これからどうなるのだろう？

わくわくしながら、じっとケースの中を見つめた。でも、なにも起《お》こらない。それはそうだ。人形《にんぎょう》が土の上にあるだけ。それだけなのだから。

急《きゅう》に、がっかりした気分になった。

こんなもののために、お母さんにおこられたなんて。

ひろみはため息《いき》をつき、袋《ふくろ》や空《から》になった箱《はこ》をごみ箱につっこんだ。ガムはさすがにすてなかったが、食べる気にもなれず、机《つくえ》の引き出しにほうりこんだ。

このケースはどうしようかな？　すてるとしたら、プラスチックのごみでいいのかな？

そんなことを思いながらケースをのぞきこんだ。そして、びっくりした。

「えっ？」

ケースの中で、人形がうごいていた。まるで命《いのち》が宿《やど》ったかのように、元気よく走りまわっている。しかも、その足もとには小さな子犬がいて、いっしょに走っているではないか。

こんな子犬、いなかった！　ぜったいにいなかったのに！　いったい、どこから出てきたの？　ううん。それより、なんで人形《にんぎょう》がうごいてるの？

あわててケースのふたをあけたところ、ぴたっと、人形たちはうごかなくなった。

指《ゆび》でそっとつついたり、持《も》ちあげたりしたけれど、やっぱりただの作《つく》り物《もの》だ。

しかたなく、ケースの中にもどし、もとどおりにふたをおろした。

「ど、どうなってんのかな？　ひっ！」

ひろみは、またまたおどろいた。今度《こんど》は、小さな若木《わかぎ》がはえてきていて、それに水をやっている人形のすがたが見える。子犬と白い子猫《こねこ》が、そのまわりであそんでいる。

また変《か》わった！　それに、動物《どうぶつ》もふえた！

どうやら、ふたをとじているあいだは、人形たちに命《いのち》が宿《やど》るらしい。

ひろみは、かじりつくようにケースを見つめた。今度はぜったいに目をはなさない。まばたきだって、できるだけしないようにした。

ケースの中の風景《ふうけい》は、どんどん変わっていった。

木が大きくなって、真《ま》っ赤《か》なリンゴをたわわにつけていく。枝《えだ》のあいだには、いつのまにか青い小鳥が巣《す》をつくっている。雨も降《ふ》った。女の子は、動物の人形たちといっしょに水たまりであそび、雨あがりには、きれいな虹《にじ》を見あげて笑《わら》っている。

見つめているうちに、ひろみは自分がケースの中にいるような気分になってきた。

ようやくわかった。このケースの中には、小さな世界《せかい》がある。そして、この女の子の人形《にんぎょう》は、ひろみの分身《ぶんしん》。ひろみのかわりに、いろいろなすてきなことをして、ひろみの夢《ゆめ》をかなえてくれる。夢を見せてくれるというわけだ。

「そっか！　だから、『ドリームドーム』なんだ！」

ひろみは、人形をリトル・ヒロと名づけ、ずっと見守《みまも》りつづけた。お母さんが帰ってきて、「ごはんよ！」とよばなかったら、ごはんのこともわすれて見ていたにちがいない。

「ひろみ！　早くいらっしゃい！　さめちゃうわよ！」

お母さんの声に、ひろみはしぶしぶ「ドリームドーム」から目をはなした。このあとは宿題《しゅくだい》もやらなくちゃならないし、お風呂《ふろ》も入らないといけない。残念《ざんねん》だけど、

「ドリームドーム」を見るのは、ここまでにしておかなくちゃ。

お母さんに秘密《ひみつ》にしておきたかったので、ひろみは「ドリームドーム」を押《お》し入《い》れの中にかくした。お母さんはとてもぶきっちょだから、へたすると、「ドリームドーム」をこわしてしまうかもしれない。またあした、お母さんがパートに出かけたら、出してみよう。どんなふうになっているか、見るのが楽しみだ。

翌朝《よくあさ》早く、ひろみは目をさました。まず頭にうかんだのは、「ドリームドーム」のことだ。いったい、どうなっているだろう？

がまんできなくて、ひろみはそっと押し入れから「ドリームドーム」をとりだした。

なんと！　小さな家ができていた。壁《かべ》の色は白く、屋根《やね》はきれいな空色だ。煙突《えんとつ》もあって、もくもくと煙《けむり》が出ている。こんな家に住《す》んでみたいと、ひろみがずっと思いえがいてきた家そのものだ。

リトル・ヒロは花をつんでいた。きっと、家の中にかざるのだろう。

花をつみおわったあと、リトル・ヒロは家のうしろにまわった。ひろみはいそいで目で追《お》いかけた。そこには雌牛《めうし》がいて、リトル・ヒロは乳《ちち》しぼりをはじめていた。ひろみはうっとりと、そのようすをながめた。

朝ごはんには、しぼりたてのミルクってわけね。ああ、なんてすてきなの。

こうして、ひろみは「ドリームドーム」のとりことなった。毎日、学校から帰ると、すぐに自分の部屋《へや》にとびこんで、「ドリームドーム」をとりだした。もうテレビも見ないし、ゲームもしなかった。そんなものより、「ドリームドーム」を見ているほうがずっとおもしろかったからだ。

この小さな世界《せかい》は、いつもすてきな変化《へんか》に満《み》ちていた。動物《どうぶつ》がふえていたり、家の形が変《か》わっていたり、畑《はたけ》ができていたり。

ある日などは、大きな池ができていて、リトル・ヒロがボートに乗《の》って、釣《つ》りをしていた。

りっぱな大木がはえて、リトル・ヒロがツリーハウスをつくっているときもあった。

まさに、ひろみの夢《ゆめ》がそこにはつまっていた。それをこうして見られるなんて、最《さい》高《こう》の気分だ。

だが……。

一か月もすると、ひろみはものたりなくなってきた。「ドリームドーム」にあきたわけではない。むしろ、そのぎゃくだ。ひろみは、「ドリームドーム」の世界《せかい》を実際《じっさい》に味《あじ》わいたくて、たまらなくなってきたのだ。

もう見ているだけなんて、つまらない。あたしも、子馬に乗《の》ったり、小鳥をよびよせたり、犬や猫《ねこ》たちとあそびたい！　ハンモックで昼寝《ひるね》をしたり、くだものを木からもいだりしたい！

ひろみは「ドリームドーム」の中のリトル・ヒロをにらんだ。ねたましさで、胸《むね》が焼《や》けつきそうだった。

「あんたばっかり、楽しいことするなんて……こんなの不公平《ふこうへい》だよ。こっちは毎日、宿題《しゅくだい》だってしなきゃならないのに」

むしゃくしゃしながら、机《つくえ》の引き出しから新しい鉛筆《えんぴつ》をとりだそうとした。と、指《ゆび》先《さき》になにかがあたった。

「あれ？　なにこれ？」

とりだしてみると、それはガムの箱《はこ》だった。

ひろみは思い出した。これはたしか、「ドリームドーム」についていたお菓子《かし》だ。しまっていたことを、すっかりわすれていた。

ひろみは小さな箱をしげしげとながめた。表《おもて》には「チヂミントガム」とミント色の文字が、うらには、小さな字でびっしり説明《せつめい》が書いてある。

「なになに。〈これは『チヂミントガム』です。『ドリームドーム』の世界《せかい》を実際《じっさい》に味《あじ》わってみたい方は、このガムを口に入れて、ケースにさわってください。体がちぢみ、『ドリームドーム』に入れます。ガムを口から出せば、もとどおりのサイズになり、『ドリームドーム』から出られます。ただし、マナーは守《まも》ってください。食べおわったガムは、ちゃんと銀紙《ぎんがみ》でつつんで、すててくださいね〉……これって、まさか……」

ひろみはどきどきしてきた。

つまり、これを食べると体がちぢんで、「ドリームドーム」に入れるってこと？

さっそく、やってみなくては！

ガムの箱《はこ》の中には、うすい板状《いたじょう》のガムがぎっしり入っていた。一枚《まい》ずつ銀紙《ぎんがみ》につつまれている。

一枚とりだしたあと、ひろみはガムの箱をポケットにしまった。それから銀紙をひらいたところ、淡《あわ》い緑色《みどりいろ》のガムがあらわれた。

口に入れて、かんでみた。すうっと、さわやかなミントの香《かお》りがひろがった。胸《むね》に、鼻《はな》に、すずしい風が吹《ふ》きぬけていくようだ。

「気持《きも》ちいい！」

うっとりしながら、ひろみは「ドリームドーム」のケースに手をあてた。

その瞬間《しゅんかん》、ぐらっと足もとがゆれた。それから、花と草のにおいがひろみの体をつつみこんできた。

はっと前を見れば、そこには、花でいっぱいの美《うつく》しい庭《にわ》がひろがっていた。そのむこうには、ひろみが住《す》みたいと思った、空色の屋根《やね》の家がある。さらに、かわいい子馬が二頭、こちらに走りよってきて、顔をこすりつけてきた。

もうまちがいない。ここは「ドリームドーム」の中なのだ。

「やった！」

体がちぢんだ。これで、好《す》きなだけ「ドリームドーム」の世界《せかい》であそべる。

ひろみは有頂天《うちょうてん》になって走りだした。子馬や子犬が、あとからついてきた。小鳥たちも、きれいな声でさえずりながら、ひろみのまわりをとびかっている。木にはオレンジがたわわにみのり、草むらをかきわけると、真《ま》っ赤《か》なイチゴが見つかった。

夢《ゆめ》だ。夢の世界だ。

「やっほーい！　最高《さいこう》！」

家の中にも入ってみた。テーブルやいす、ベッドは、どれもかわいいデザインで、ひろみにぴったりのサイズだ。棚《たな》の中には、おいしそうな食《た》べ物《もの》もどっさり入っている。

ひろみはさっそく、カップケーキに手をのばした。チェリーとクリームがのっていて、とてもおいしそう。

がぶっと、かぶりついた。

「ん〜、おいしい！」

だが、むしゃむしゃと食べおわったあとで、急《きゅう》に気分がわるくなってきた。おなかの中がスースーとして、へんな感《かん》じだ。

ひろみは、はっとなった。そういえば、口の中にあったはずの「チヂミントガム」がなくなっている。今のカップケーキといっしょに、飲《の》みこんでしまったようだ。

いけない！　ガムを口から出したら体がもとにもどるって、箱《はこ》に書いてあったっけ。飲みこんでしまった場合も、口の中からなくなるのだから、きっと同じだ。このスースーした感じは、体が大きくなる前ぶれにちがいない。

「いや！　まだだめ。もっとあそぶんだから！」

ひろみはポケットから「チヂミントガム」の箱をとりだし、大いそぎでガムを食べようとした。

そのときだ。ガムをつつんでいる銀紙《ぎんがみ》のうらに、小さな文字がならんでいることに気づいた。そんな場合ではないとわかっているのに、なぜか目がはなせず、読んでしまった。

〈注意《ちゅうい》。『チヂミントガム』を紙につつまずにすてたり、飲《の》んでしまったりすると、外部《がいぶ》から大きなショックをあたえられないかぎり、もとのサイズにもどれなくなります。お気をつけください〉

ひろみは真《ま》っ青《さお》になった。

「うそ！　うそでしょ！」

ここは本当にすてきな、理想《りそう》の世界《せかい》だけれど。自分だけの家があって、動物《どうぶつ》もたくさんいるけれど。でも、ずっとこのままでいるのはいや。お母さんやお父さんのところにもどりたい。もどらなくちゃ。

だが、どうしたらいいかわからなかった。ガムは、もう飲みこんでしまったのだから。

駄菓子屋《だがしや》のおばさんがいっていたことが、頭によみがえってきた。

――「『ドリームドーム』は、あくまで夢《ゆめ》として楽しむもの。夢をかなえてくれるものではない……」

あのときは、なにをいわれているのか、わからなかった。でも、今ならわかる。ああ、なんで、もっとちゃんと、おばさんの忠告《ちゅうこく》をきいておかなかったんだろう。

どうしようどうしよう。一生もどれなかったら、どうしよう！

すごくこわくなったときだ。とつぜん、大きな声がひびいてきた。

「あらやだ。ひろみったら、こんなところにおもちゃをおきっぱなしにして」

お母さんの声だった。

ひろみはあわてて家からとびだして、上を見た。青い空が見えるだけだが、きっとこの空のむこうには、お母さんがいる。「ドリームドーム」をのぞきこんでいるにちがいない。

おねがい、気づいて！

ひろみはぴょんぴょんはね、両手《りょうて》をふりまわし、大声でさけんだ。

「お母さん、あたしはここ！　ここなの！　お母さん！」

お母さんの声が、空のむこうからひびいてくる。

「こんなの、いつ買ったのかしら？　それとも、だれかからもらったとか？　……へえ、よくできてるじゃない。小さな女の子までいるし。でも、床《ゆか》におきっぱなしだなんて、あぶないわねぇ。ひろみ！　ひろみ、ちょっと来なさい。……あら、あの子、どこに行ったのかしら？」

「お母さん、ここ！　見てよ！　気づいて！」

「しょうがないわねぇ。とにかく、これじゃ、じゃまで掃除機《そうじき》がかけられないわ。……いったん押《お》し入《い》れにしまって、あとでまた、ひろみに出してもらえばいいわね」

お母さんのつぶやきと同時に、ぐらっと地面《じめん》がゆれた。お母さんが「ドリームドーム」を持《も》ちあげたんだと、ひろみはさとった。このまま、押し入れにしまわれてしまったら、もう出られない。きっと、お母さんは「ドリームドーム」のことをわすれてしまう。

「やだやだやだあああああ！　お母さあああああん！」

泣《な》きながらわめいたときだ。

「きゃっ！」

小さな悲鳴《ひめい》があがったかと思うと、ドーンッと、ものすごい衝撃《しょうげき》がひろみをおそった。両足《りょうあし》が地面からうきあがったほどだ。

それから、ガチャンと大きな音がして……。

はっと気づけば、ひろみは、せまくて段《だん》ボールがぐちゃぐちゃおいてある自分の部《へ》屋《や》に立っていた。

目の前には、お母さんがかがみこんでいた。その足もとには、われたガラスや土がとびちっている。

なにが起《お》こったのか、ひろみはすぐにわかった。お母さんが「ドリームドーム」を落《お》として、わってしまったのだ。

そのおかげで、ひろみは外に出られた。もとの大きさにもどったのは、きっと、「ドリームドーム」がこわれたときの衝撃《しょうげき》のせいだ。びっくりすると、しゃっくりがとまるのと同じだ。大きなショックを受《う》けたおかげで、「チヂミントガム」の効果《こうか》が消《き》えたにちがいない。

と、お母さんがあわてたようすで、ふりかえってきた。

「あ、ひろみ。そこにいたの。ご、ごめんね。ちょっと手がすべっちゃって……」

「……さん」

「え？　なに？」

「お母さああああん！」

涙《なみだ》で顔をぐちゃぐちゃにしながら、ひろみはお母さんにだきついた。

お母さんがドジでよかった。もどってこられてよかった。「ドリームドーム」はこわれてしまったけれど、もったいないなんて思わない。だって、「ドリームドーム」は夢《ゆめ》だったんだもの。それより、やっぱり本物《ほんもの》がいい。

いつか、大きな庭《にわ》のあるすてきな家を手に入れようと、ひろみは思った。庭には花や木をたくさん植《う》えて、好《す》きなだけ動物《どうぶつ》を飼《か》って。そして、お父さんとお母さんといっしょに住《す》む。ぜったい、そうしてみせるんだから。

わんわん泣《な》きながら、ひろみはそう思った。


倉里《くらさと》ひろみ。十歳《さい》の女の子。平成《へいせい》六年の五百円玉で「ドリームドーム」を購入《こうにゅう》。

「ドリームドーム」は「銭天堂《ぜにてんどう》」の菓子《かし》。よって、「銭天堂」の紅子《べにこ》、一勝《しょう》。

最後《さいご》にわら麩《ふ》

世《よ》の中《なか》には、ほんとにやなやつがいるもんだと、総一郎《そういちろう》は思った。

そして、人間は何歳《なんさい》になっても、負《ま》けずぎらいなところがあるんだな、とも思った。

総一郎は六十五歳《さい》。定年《ていねん》となり、今はもう仕事《しごと》に出かけなくていいご身分《みぶん》だ。おかげで毎日のんびりできるわけだが、それはそれで退屈《たいくつ》になってしまう。

そこで、総一郎は近所《きんじょ》の将棋《しょうぎ》道場に通うことにした。昔《むかし》から将棋は好《す》きだったし、いろいろな人と勝負《しょうぶ》をするのは楽しかった。自分の腕《うで》があがっていくとわかったし、友だちなどもできたりして、いろいろと輪《わ》がひろがっていく。

だが、できたのは友だちだけではなかった。ライバルもあらわれたのだ。

その男、小坂《こさか》は、総一郎と同い年。もともとは銀行《ぎんこう》ではたらいていたという、いわゆるエリートらしい。これが、いやな男なのだ。自分が強いことを鼻《はな》にかけ、ねちねちと相手《あいて》をこきおろしてくる。

「これでもわたし、プロ棋士《きし》まで、あと一歩のところまで行きましたからね。アマチュアの人たちに、そうは負けませんよ」

「わたしに負けたからって、くやしがることありません。まあ、実力《じつりょく》というか、持《も》って生まれた才能《さいのう》の差《さ》だと思ってくださいよ」

「あなた、よくそんな腕《うで》で、わたしに挑《いど》んできましたねえ。ずぶの素人《しろうと》さんは、これだから。まったく、こわいもの知らずだ」

「あ〜あ、そんな駒《こま》のつかい方して。将棋《しょうぎ》のなんたるかが、まるでわかってない。なげかわしいですなぁ」

とまあ、いつもこんな感《かん》じだ。

だが、くやしいことに、小坂《こさか》は実際《じっさい》に強いのだ。たぶん、この将棋道場では一番だろう。王さまのようにいばっている小坂が、総一郎《そういちろう》は心底《しんそこ》きらいだった。

一度《ど》でいいから勝《か》ちたい。負《ま》けたときの顔を見てやりたい。

必死《ひっし》で挑戦《ちょうせん》するのだが、いつもこてんぱんに負けてしまう。

「いやあ、田村《たむら》さんもこりない人ですねぇ。なんか、こちらがいつも勝ってしまうんで、もうしわけないくらいですよ。ははは!」

小坂はそういって、総一郎をあざ笑《わら》う。それがもう、くやしいのくやしくないの。

あの勝ちほこった顔を思い出すと、夜もねむれないくらいだ。

「くそ～！　小坂《こさか》め～！」

総一郎《そういちろう》はぎりぎりと歯《は》をくいしばった。

勝《か》ちたい。なんとしても、小坂に勝ちたい。

将棋《しょうぎ》道場にむかいながら、総一郎はそのことばかり考えていた。と、ふいに声をかけられた気がした。

見まわすと、路地《ろじ》があった。うす暗《ぐら》いせまい道が、ずっと奥《おく》へとつづいている。

なぜか、無性《むしょう》にそこを通りたくなった。

（道場までの近道になっているかもしれない。そうだ。きっとそうだ）

総一郎はいつもの道をはずれ、その路地へと足をふみ入れた。すすめばすすむほど奥へと入りこみ、いっこうに表通《おもてどお》りや広い道に出る気配《けはい》がない。

道場にたどりつくどころか、まよってしまうんじゃないだろうか。

そう思ったとき、前方に一軒《けん》の駄菓子屋《だがしや》があらわれた。

こんな人気《ひとけ》のないところに店を出すなんて、なんて変《か》わっているんだろう。ほとんど客《きゃく》なんか来ないいんじゃないだろうか。

首をかしげながらも、総一郎《そういちろう》は駄菓子屋《だがしや》に近づいていった。軒先《のきさき》には、ずらりと菓子《かし》がならんでいた。うす暗《ぐら》い路地《ろじ》の中で、その菓子たちだけはきらきらと光って見える。「銭天堂《ぜにてんどう》」という看板《かんばん》がいかにも古びていて、それがまた、いいふんいきだ。

年がいもなく、総一郎はわくわくしてきた。

そういえば、子どものときは小銭《こぜに》をにぎりしめて、よくお菓子やくじを買いに行ったっけ。

あのときのときめきが、ひさしぶりによみがえってきた。これはぜひとも、なにか買っていこう。

将棋《しょうぎ》道場や小坂《こさか》のことさえわすれて、総一郎は早足で店に近づいていった。

中に入ってみると、見たこともないお菓子が、ところせましとおいてあった。入り口の近くには小さな透明《とうめい》の冷蔵庫《れいぞうこ》がおかれていて、缶《かん》ジュースなども入っている。

さて、どれにしようかと、総一郎はかがみこんだ。「らくらくがん」、「旅《たび》スナックボンボヤージュ（ポタージュ味《あじ》）」、「餓鬼《がき》ニッキ」、「ほっとけケーキ」、「身軽《みがる》かるかん」、「ねたまし菓子《がし》」、「やるきの力・火あめ」、「ものしりボーロ」。どれもこれも魅力的《みりょくてき》だ。「ダンディキャンディ」にはかなりぐっときたが、「マッチョーレ・オーレ」もすてがたい。

うーん。いっそ、ぜんぶ買っていってしまおうか。

そう思うのに、なぜか手が出せなかった。ちゃんとえらべと、菓子たちがいっているような気がするのだ。

総一郎《そういちろう》はじっくりと店の中を見てまわった。そして、ついに「これだ！」というのを見つけた。

それは、透明《とうめい》の袋《ふくろ》に入った、黒い棒《ぼう》のようなお菓子だった。太さといい長さといい、ちょうど、こん棒くらいもある。袋の上には、「最後《さいご》にわら麩《ふ》」と、真《ま》っ赤《か》な字で書いてあった。

「麩菓子《ふがし》か」

こういう麩菓子なら、総一郎も子どものころ、よく食べた。黒砂糖《くろざとう》の衣《ころも》がかかっていて、その素朴《そぼく》な味《あじ》が好《す》きだった。だが、この「最後にわら麩」には、もっと強烈《きょうれつ》なものを感《かん》じた。とにかく、ほしくてたまらなかった。これがほしいと、心がさけぶ。思わず手をのばしたときだ。もうひとつ、魅力的《みりょくてき》な菓子《かし》を見つけてしまった。

それは、五百円くらいの大きさの、しわしわとした、くすんだオレンジ色のものだった。どうやら、干《ほ》したくだもののようだ。それが、大きなびんの中にたくさんつまっている。びんには、「負《ま》け知らずアンズ」というシールがはってあった。

これまた、ものすごくほしくなった。「最後《さいご》にわら麩《ふ》」に負けずおとらず、すばらしい。どっちがいいだろう？　どっちもほしいが、なんとなく、一つにしぼったほうがいい気がする。

悩《なや》んでいると、声をかけられた。

「ほしいものが見つかったんでござんすね」

ふりむくと、店の奥《おく》から女の人が出てくるところだった。力士《りきし》のように大きな女の人だった。顔つきは若《わか》いのに、髪《かみ》は真《ま》っ白《しろ》で、色とりどりのかんざしをさしている。古銭柄《こせんがら》の入った赤紫《あかむらさき》の着物《きもの》を着ていて、とにかく圧倒的《あっとうてき》なふんいきがある。

たじたじとする総一郎《そういちろう》に、女の人はにっこりと笑《わら》った。

「『銭天堂《ぜにてんどう》』にようこそ、本日の幸運《こううん》のお客《きゃく》さま。『最後《さいご》にわら麩《ふ》』をおもとめでござんすかえ？」

「あ、いや、その……ちょっと悩《なや》んでてねぇ」

「悩む？」

「うん。こっちの『負《ま》け知らずアンズ』ってのも、いいかなと思ってね」

ふわっと、女の人はほほえんだ。

「ずんぶんにお悩みくださんせ。お好《す》きなほうを、おえらびになってくださんせ」

「う、うん。……どっちがおすすめとか、アドバイスないのかな？」

「それは……おえらびになるのは、お客さまでござんすから」

「そうか。そうだね……よ、よし。決《き》めた。『最後にわら麩』にするよ」

「本当に、そちらでよろしゅうござんすか？」

「う、うん。やっぱり、最初《さいしょ》にほしいなと思ったやつだからね」

総一郎《そういちろう》がそういうと、女の人はうれしそうに頭をさげた。

「ありがとうござんす。お代《だい》は五十円でござんす」

あめふるあ

総一郎《そういちろう》はポケットの中をさぐった。小銭《こぜに》はついつい、ポケットの中につっこんでしまう。おかげで、じゃらじゃらと重《おも》たくなってしまうのだが、さっととりだしたいときには便利《べんり》だ。

今回も、すばやく五十円玉を出すことができた。ところが、女の人は首をふった。

「それではなくて、べつの五十円玉でおしはらいくださんせ」

「べつの？」

「あい。平成《へいせい》二十七年の五十円玉で。お持《も》ちでござんすよ、かならずねぇ」

わけわからんと思いつつ、総一郎はポケットの中の小銭をぜんぶ出した。さがしてみると、たしかにあった。平成二十七年の五十円玉。それをさしだすと、今度《こんど》は受《う》けとってもらえた。

「あいあい。まちがいなく、本日のお宝《たから》でござんす。では、どうぞ『最後《さいご》にわら麩《ふ》』をお持ちくださんせ」

「ありがとさん」

よろこぶ総一郎に、女の人はいたずらっぽく笑《わら》った。

「勝負《しょうぶ》というものは、最後《さいご》までわからぬもの。だからこそ、おもしろいということを、おわすれなく」

「え？」

「よい一日をおすごしくださんせ。ねがわくば、うちの商品《しょうひん》に満足《まんぞく》していただけるとようござんす」

なんだかよくわからなかったが、とにかく「最後にわら麩《ふ》」は手に入ったのだ。ほくほくした顔で、総一郎《そういちろう》は駄菓子屋《だがしや》を出た。

そのままちょっと歩くと、あっけなく表通《おもてどお》りに出ることができた。道場はもうすぐそこだ。あそこに、小坂《こさか》がいる。いけすかないライバルは、きょうもにやにや笑《わら》っているのだろう。

あの笑いをたたきつぶしてやりたい！

むらむらと思ったとき、ずしっと、手の中の「最後にわら麩」が重《おも》くなったように感《かん》じた。

総一郎はしげしげと「最後にわら麩」を見つめた。こうして見ると、ますます魅力《みりょく》を感《かん》じる。

おや、うらがわに小さな字で、なにか書いてある。

〈勝負《しょうぶ》というのは、最後《さいご》がだいじ。最後に勝《か》てば、それまでの負けも帳消《ちょうけ》しになります。『最後にわら麸』は、ここぞという勝負で、あなたに勝利《しょうり》をもたらすでしょう〉

「ほう。ここぞというときにね」

総一郎《そういちろう》は笑《わら》った。信《しん》じるわけじゃないが、縁起《えんぎ》はよさそうだ。道場に入る前に、これを食べてしまおう。

電柱《でんちゅう》のかげにかくれ、総一郎はつつみをあけて、中の麸菓子《ふがし》にかぶりついた。

さくり、ふわ。

軽《かる》い食感《しょっかん》とともに、黒砂糖《くろざとう》のほどよいあまみがひろがった。ああ、この香《こう》ばしいあまさが、たまらなくおいしい。それに、口の中ですっと雪のようにとけていくところが、またいいのだ。

大きな麸菓子だったのに、総一郎はむしゃむしゃたいらげてしまった。こんなに夢《む》中《ちゅう》になって菓子《かし》を食べるのはひさしぶりで、ちょっとはずかしくなってしまったほどだ。

「ん～。こんなにうまいとわかってたら、もう一つ買っておくんだったなぁ。……ん？　んん？」

総一郎《そういちろう》はおどろいた。なにやら、力がみなぎってきたのだ。同時に、熱《あつ》い気持《きも》ちがわきあがってきた。

勝負《しょうぶ》だ。将棋《しょうぎ》の勝負をしたい。

鼻息《はないき》も荒《あら》く、総一郎は道場にとびこんでいった。小坂《こさか》はもういた。総一郎を見るなり、「また来たよ」といわんばかりの、ばかにした顔をした。

いつもなら「こいつめ！」と思うのだが、きょうはちがった。なんというか、負《ま》ける気がしない。小坂の笑《わら》い顔《がお》が、小さく、せせこましく見える。

総一郎は、にやっと小坂に笑いかえした。

「一局《いっきょく》、おねがいしますよ、小坂さん」

「あなたも、こりないですねぇ。ま、いいですけど」

いやみをいう小坂と、総一郎はむきあった。

勝負《しょうぶ》がはじまった。

総一郎《そういちろう》は、最初《さいしょ》から全力《ぜんりょく》で駒《こま》をうごかしていった。えものにおそいかかるライオンのようないきおいだ。だが、小坂《こさか》はそれをかわしながら、ねちねちと、総一郎の力をすこしずつうばっていく。早くも負《ま》けそうな気配《けはい》になってきた。小坂の顔に、にやぁっと、いやな笑《わら》いがうかびはじめる。

（くそぉ！　やっぱりだめなのか！）

そう思ったときだ。小坂がミスをした。それも、とんでもなく大きなミスだ。なんと、総一郎の角《かく》が利《き》いているのに、そこに飛車《ひしゃ》をおいてしまったのだ。

とたん、小坂は真《ま》っ青《さお》になった。それはそうだろう。ふつうなら、ぜったいにそんな手は打《う》たないのだから。

「な、なんで、こんなことを……」

「……よし！」

総一郎はすぐさま、小坂の飛車をとった。

その瞬間《しゅんかん》から、形勢《けいせい》が逆転《ぎゃくてん》した。小坂の駒《こま》を一つずつ、総一郎はとりあげていった。小坂《こさか》はあせって、やりかえそうとしてくるが、そうすればするほど、ミスが多くなっていく。そのミスを、総一郎《そういちろう》はぜったいに見のがさない。確実《かくじつ》にしとめていった。

どんどん追《お》いつめられ、しまいには小坂はふるえだした。

そうして、ついに……。

「ま、まいりました……」

カの鳴くような声でいったのは、小坂だった。

総一郎が勝《か》ったのだ。

「やった！」

思わずガッツポーズをする総一郎に、大きな拍手《はくしゅ》が送《おく》られた。

いつのまにか、道場にいた人たちが二人をとりかこんでいた。みんな、息《いき》をのんで対局《たいきょく》を見ていたらしい。

「おみごと、田村《たむら》さん！」

「あんだけ追いつめられていたのに、よく盛《も》りかえしましたね！」

「いやあ、小坂《こさか》さんをたおすのは、あんただと思ってましたよ！」

口々にほめたたえられ、総一郎《そういちろう》はいい気分だった。それに、負《ま》けたときの小坂のあの顔！　信《しん》じられないと、真《ま》っ白《しろ》な顔をしてかたまっていた。あれが見られただけで、もう最高《さいこう》だ。

見れば、小坂はこそこそと逃《に》げていくところだった。そのうしろすがたを、「ふふん」と、総一郎はせせら笑《わら》った。

その日から、小坂は道場にあらわれなくなった。あれだけばかにしていた総一郎に負けてしまったことが、はずかしかったのだろう。いやなやつを追《お》いだせたと、総一郎は胸《むね》がすかっとした。

それにだ。小坂がいなくなったので、しぜんと総一郎が道場で一番の腕前《うでまえ》となった。「一局《いっきょく》おねがいします！」と、いろいろな挑戦者《ちょうせんしゃ》がやってきた。総一郎は、どんなときも負けなかった。自分より上のクラスが相手《あいて》でも、かならず勝《か》った。

これはもう、単《たん》なる偶然《ぐうぜん》や幸運《こううん》のせいなどではない。「最後《さいご》にわら麩《ふ》」の力だと、総一郎は確信《かくしん》した。あれを食べたおかげで、負けなくなったにちがいない。つくづく、あの菓子《かし》を買ってよかったと思った。

それにしても、勝《か》ちつづけるというのは、なんともいい気分だった。打《う》ち負《ま》かした相手《あいて》から「まいりました」と頭をさげられると、自分がどんどんえらくなっているような気がする。

総一郎《そういちろう》は、しだいに調子《ちょうし》に乗《の》るようになった。

おれはすごいんだ。ぜったいに負けないんだ。

総一郎はほくそえみながら、毎日、道場に通った。

しばらくしたある日のこと。小学生らしき男の子が、勝負《しょうぶ》を挑《いど》んできた。

「おじさん。よろしくおねがいします」

「ああ、いいよ」

かしこそうな顔はしているが、たぶん小学四年生くらいだろう。こんな相手なら、すぐに勝てる。いやいや、本気になってはかわいそうだ。ここは、そこそこ打たせてから、勝ってやろう。

総一郎は、手をぬいて勝負してやることにした。

ところが、思いもよらない結果《けっか》になった。なんと負《ま》けてしまったのだ。しかも、どうしようもない負け、ぼろ負けだ。

総一郎《そういちろう》はがくぜんとして、頭が真《ま》っ白《しろ》になった。

ぜったいに勝《か》てる勝負《しょうぶ》だったのに、負けるなんて。「最後《さいご》にわら麩《ふ》」の効力《こうりょく》が消《き》えてしまったのか？　いや、「最後にわら麩」を食べる前だって、こんな子どもに負けたことなんかない。どうしてなんだ！　どうして！

はずかしさのあまり、気分がわるくなった。小坂《こさか》に連敗《れんぱい》したときよりもはずかしい。

たまらず、道場から逃《に》げだした。ところが、すぐによびとめられた。

「へへ。だんなさん、災難《さいなん》でやんしたねぇ」

ふりかえると、見たこともない男がいた。お笑《わら》い芸人《げいにん》かなにかだろうかと、総一郎は思った。男が、とてもきみょうなかっこうをしていたからだ。

長身《ちょうしん》の体にマントをまとい、長いシルクハットをかぶり、髪《かみ》とひげは赤く染《そ》めてある。にやにやと笑っているところが、いけすかない。いや、そんなことよりなにより、この男にも負《ま》けたところを見られていたのか。

真《ま》っ赤《か》になる総一郎《そういちろう》に、男は猫《ねこ》なで声で話しかけてきた。

「さっきの勝負《しょうぶ》ね。あれは、だんなさんのせいじゃないんでやんす。食べたお菓子《かし》、あれがよくなかったんでやんすよ」

「あ、あんた……」

「ええ、知ってやす。だんなさんが、『最後《さいご》にわら麩《ふ》』を食べたってことをね。いやぁ、あんな菓子を食べちゃいけやせん。だってあれ、つねに勝《か》てる、ってもんじゃないんでやんすから」

「えっ？」

「あ、やっぱり、かんちがいしてやしたか。ええ、『最後にわら麩』の効力《こうりょく》は、いっしょうけんめいにやれば、なんとか、かろうじて勝つって代物《しろもの》なんで。ゆだんしたり、本気を出さなかったりすると、力を発揮《はっき》してくれないんでやんすよ」

「そ、そうだったのか」

総一郎は汗《あせ》をぬぐった。

そうか。だから、負《ま》けたのか。あの子に対《たい》して、本気で戦《たたか》おうとしなかったから。しかし、だからといって、あんな負け方をさせるなんて、ひどいじゃないか。『最後《さいご》にわら麩《ふ》』のことが、うらめしくなった。

と、男がにんまりと笑《わら》った。

「だんなさんのようなお人には、『負け知らずアンズ』のほうがおすすめだったんでやんすがねぇ。あれは名前のとおり、食べると、負け知らずになれるやつでやんすから」

「あっ！」

総一郎《そういちろう》は思い出した。「負け知らずアンズ」！　あのふしぎな駄菓子屋《だがしや》で、「最後にわら麩」と同じくらい、ほしいと思ったものだ。なんだ！　やっぱり、あっちにしておけばよかったんだ！

くやしがる総一郎に、男はささやいた。

「あの駄菓子屋に行ってごらんなさいやし。きょうのだんなさんは、運《うん》がついてる。きっと、あそこにまた、たどりつけやしょう」

男の目は、あやしくきらめいていた。危険《きけん》な感《かん》じがしないでもなかったが、とにかく「負《ま》け知らずアンズ」がほしくて、総一郎《そういちろう》はうなずいた。

「あの駄菓子屋《だがしや》は……どこでしたっけ？」

「まあ、そこの路地《ろじ》に入ってごらんなさいやし。まっすぐ行けば、見つかると思いやすよ」

男に礼《れい》をいって、総一郎は路地にとびこんだ。

しばらく歩くと、駄菓子屋が見えてきた。「銭天堂《ぜにてんどう》」という看板《かんばん》がかかっている。

「よし！」

総一郎は駄菓子屋に入った。店には、あの大きな女の人がいて、おどろいたように総一郎を見た。

「おや。これはこれは……めずらしいこともあったもんでござんす。同じ幸運《こううん》のお客《きゃく》さまが、連続《れんぞく》してここにたどりつかれるとは」

だが、女の人のひとりごとなど、総一郎はきいていなかった。

「負け知らずアンズ」はどこだ？　まだあるのか？　たのむから、まだあってくれ！

祈《いの》りは通じた。「負《ま》け知らずアンズ」の大びんは、ちゃんと前と同じ場所《ばしょ》においてあったのだ。

「やった!」

総一郎《そういちろう》は「負け知らずアンズ」を指《ゆび》さし、大声でいった。

「これを! これをください!」

「おやまあ……『最後《さいご》にわら麩《ふ》』では、ご満足《まんぞく》いただけませんでしたかえ?」

「満足できなかったから来たんでしょうが! いいから、早くこれを売ってくれ!」

「……あいあい」

女の人は、「しょうがない」というようなあきれた顔をしながら、大びんのふたをあけ、トングをつかって、「負け知らずアンズ」を一つ、つまみあげた。

「もっとほしいな。十個《こ》ください」

「いいえ。売れるのは一つだけと、決《き》まっているんでござんす。それに、一つで十分かと」

「しかたないな。いくら?」

「一円でござんす。ただし、昭和《しょうわ》五十九年の一円玉で、おしはらいくださんせ」

また、わけのわからないことをと、総一郎《そういちろう》はいらいらしながらも、さいふを見た。さがしてみれば、たしかに昭和五十九年の一円玉があった。

総一郎はそれをわたし、「負《ま》け知らずアンズ」を受《う》けとった。そして、女の人がなにかいいかけるのもきかず、外へととびだした。

路地《ろじ》を歩きながら、総一郎は「負け知らずアンズ」を口の中にほうりこんだ。アンズはあまく、種《たね》はなかった。だが、飲《の》みこむとき、ほんの一瞬《いっしゅん》、にがく感《かん》じた。食べてはいけないものを食べたかのような後味《あとあじ》のわるさに、総一郎は顔をしかめた。

まあ、いい。これで負けなくなるなら、こんなことを気にしてはいられない。それより、もう効果《こうか》は出ているのだろうか？

さっそくためしてみようと、総一郎は走って道場へもどった。

数か月後、総一郎は、公園のベンチにぼんやりとすわっていた。

ここのところずっと、将棋《しょうぎ》道場へは行っていなかった。「負け知らずアンズ」の効《こう》果《か》がなかったからではない。そのぎゃくだ。

あれから、総一郎《そういちろう》はどんな戦《たたか》い方《かた》をしても負《ま》けなくなった。いいかげんに駒《こま》をすすめても、わざと負けようとしても、ぜったいに勝《か》ってしまう。

すばらしいことだと、最初《さいしょ》は総一郎もよろこんだ。

だが、よろこびはすぐに消《き》え、しだいにつまらなくなってきた。勝負《しょうぶ》に夢中《むちゅう》になれなくなってしまったのだ。それはそうだろう。勝つのがわかっているのだから、わくわくすることも、はらはらすることもない。

あまりにもつまらなくて、総一郎は将棋《しょうぎ》をやめて、囲碁《いご》教室に行くことにした。だが、囲碁でも同じことが起《お》きた。総一郎はまったくの初心者《しょしんしゃ》なのに、先生や先輩《せんぱい》をどんどん負かしてしまう。

トランプ、チェス、ダーツ、ビリヤード。かたっぱしからためしたけれど、すべて同じだった。なにをやっても、楽に勝ててしまうのだ。

「むなしい……」

総一郎《そういちろう》は、心の底《そこ》からそう思った。

ひまなのに、なにか新しいことをはじめようという気さえ起《お》きない。ああ、なんてつまらないんだ。こんなことなら、「負《ま》け知らずアンズ」なんて食べなければよかった。

ベンチにすわったまま、総一郎はただただ後悔《こうかい》していた。それしかすることがなかったのだ……。

田村総一郎《たむらそういちろう》。六十五歳《さい》の男の人。平成《へいせい》二十七年の五十円玉で「銭天堂《ぜにてんどう》」の「最後《さいご》にわら麩《ふ》」を購入《こうにゅう》するも、満足《まんぞく》できず、「天獄園《てんごくえん》」の「負け知らずアンズ」を入手《にゅうしゅ》する。

紅子《べにこ》と怪童《かいどう》の引き分け。

ハンターバターサンド

びょんっと、大きな緑《みどり》のバッタが草むらからとびだしてきた。

陽太《ようた》は、はっと、手に持《も》っている虫網《むしあみ》をにぎりしめた。

あれはショウリョウバッタだ。大きさが十センチもあるから、きっとメスにちがいない。すごい大物《おおもの》だと、胸《むね》がどきどきしはじめた。

今、ときわ小学校の男の子たちのあいだでは、昆虫採集《こんちゅうさいしゅう》が大ブームだ。毎日、自分がとった虫のじまんをしたり、持ってきた図鑑《ずかん》を見せあったり。

一年生の陽太も、もちろん虫に夢中《むちゅう》だ。学校から帰ると、すぐに虫網と虫かごを持って、近くの森林公園へと出かける。

この公園は緑がいっぱいあって、いろいろな虫の宝庫《ほうこ》なのだ。春から夏にかけては、野原にはチョウが、こんもりとした林には、コガネムシやカミキリムシ、わなをしかけておけば、クワガタやカブトムシをつかまえられることもある。池の近くには、シオカラトンボやイトトンボ、ときには、ギンヤンマやオニヤンマがあらわれる。毎日、ハンターになった気分で、陽太は虫をさがすのだ。

そして、きょうは、このショウリョウバッタに出くわした。これをつかまえたら、みんなにびっくりしてもらえるだろう。きのうは、せっかく見つけたカラスアゲハを逃《に》がしてしまったから、きょうはぜったいにしくじらないぞ。

目をぎらぎらさせながら、陽太《ようた》はそろりと一歩すすんだ。虫網《むしあみ》がとどくには、まだ距離《きょり》がある。あと三歩は近づかないと。

だが、陽太に気づいたのか、ショウリョウバッタが大きくとんだ。たちまち三メートル近くもはなれてしまい、陽太はあせった。

「ま、待《ま》て!」

必死《ひっし》に追《お》いかけたが、バッタはますます逃《に》げていく。

そして……。

ばしっと、いきなり木のかげからとびだしてきた虫網が、とんでいたバッタをつかまえた。

目をまるくする陽太の前に、ぞろぞろっと男の子が三人出てきた。陽太と同じクラスの隆《たかし》、湊《みなと》、芳樹《よしき》だ。三人は陽太のほうは見むきもせず、虫網の中をのぞきこんだ。

「いただき!　やりぃ!」

「やっぱすげぇ、タカちゃん！」

「大物《おおもの》じゃん！」

「だよな！　やったぜ！」

よろこぶ三人のすがたに、陽太《ようた》の頭に血《ち》がのぼった。

ときわ小の虫とり好《ず》きな男の子は、みんな、この森林公園にやってくる。だから、ねらった虫がかぶってしまうことも、よくあることだ。でも、いくらなんでも、これはひどい。

この三人組は、体が大きくてちょっと乱暴《らんぼう》だからにがてだけれど、せっかくのえものを横取《よこど》りされて、だまっていられなかった。陽太は、勇気《ゆうき》をふりしぼって声をあげた。

「そ、それ、ぼくのバッタだよ！」

ばかにしたように、隆《たかし》がふりかえってきた。

「なんだよ？　つかまえたのはおれだぞ」

「でも、ぼくがねらってたのに！　ひ、ひどいよ！」

「なにがだよ？　だいたい、おまえ、虫とり下手《へた》っぴだろ？　おまえなんかに、このバッタは、ぜったいつかまんなかったって」

「そうだよ。タカちゃんだから、とれたんだ。弱虫陽太《ようた》は、コオロギでもとってりゃいいだろ？　バッタはタカちゃんのだぞ！　どろぼう陽太！」

「どろぼう、どろぼう！」

はやしたてられ、陽太はあわてて逃《に》げだした。

きょうは、もうだめだ。虫をさがして、また隆《たかし》たちに出くわすのはごめんだ。もう家に帰ろう。

でも、とぼとぼと家にむかうあいだも、ショウリョウバッタのことが頭をはなれなかった。やっぱりくやしかった。どう考えても、わるいのは隆たちなのに。ああ、ぼくがもっと虫とりがうまければなぁ。どんどんすごい虫をつかまえて、いやなやつをぎゃふんといわせてやれるのに。ああ、くやしいくやしい！

そんなことばかり考えていたせいだろう。ふと気づくと、陽太は見覚《みおぼ》えのない暗《くら》い道にいた。いつのまにか、まよいこんでしまったらしい。

まずいぞと思ったとき、道の先に、一軒《けん》の店があるのが見えた。それは駄菓子屋《だがしや》で、とてもきらきらとしていて、まるで陽太《ようた》のことをよんでいるかのようだった。陽太は、悩《なや》んでいたことも、まよったこともわすれて、いそいで駄菓子屋にかけよった。

「すっごい！」

おもわず歓声《かんせい》をあげるほど、そこにおいてあるお菓子《かし》は魅力的《みりょくてき》だった。どれもこれも、ぜんぶほしくなってしまう。見たこともないものばかりだから、なおさらだ。

陽太が目をきらきらさせながらながめていると、「よっこらせ」という声とともに、店の奥《おく》から大きなおばさんが出てきた。赤紫色《あかむらさきいろ》の着物《きもの》を着ていて、髪《かみ》は真《ま》っ白《しろ》。でも、顔はつやつやだ。

おばさんは段《だん》ボール箱《ばこ》をかかえていたが、陽太に気づくと、すぐにそれをおろして笑《わら》いかけてきた。

「銭天堂《ぜにてんどう》へようこそ、幸運《こううん》のお客《きゃく》さま」

「銭天堂？」

「あい、この店の名前でござんす。そして、そちらは本日の幸運《こううん》のお客《きゃく》さま。おのぞみは、なんでござんしょう？　どんなおのぞみの品《しな》も、この紅子《べにこ》が出してさしあげようじゃござんせんか」

おばさんの声はあまく、ふしぎなひびきがした。本当にのぞみをかなえてくれるような気がする。

だから、陽太《ようた》はいった。

「それじゃ……ぼく、虫とり上手《じょうず》になりたい！」

「虫とり、でござんすかえ？」

「うん！　今、はやってるんだ！　でも、ぼく、みんなの中でいちばん下手《へた》だから……オニヤンマでもなんでも、ぜったいつかまえられるようになりたいんだ！」

ようござんすと、おばさんはうなずいた。

「それなら、二つほどおすすめの品《しな》がござんす。今お出しするので、どちらでも、お好《す》きなほうをえらんでくださんせ」

そういって、おばさんはお店の中をちょっとだけうごきまわり、陽太の前に二つの品物《しなもの》を出したのだ。

一つは、あんこでできた和菓子《わがし》だった。大きく口をあけた魚の形をしていて、頭には触角《しょっかく》がついている。どうやらアンコウという魚みたいだが、その顔はものすごくこわい。まるで鬼《おに》のようだ。

もうひとつは、袋菓子《ふくろがし》だった。動物《どうぶつ》や魚、虫の絵がいっぱい描《えが》かれた茶色の紙袋《かみぶくろ》で、あざやかな緑《みどり》のリボンでむすんである。

「こちらの魚は『強欲《ごうよく》アンコ』。アンコウのように、ばくばくと、ほしいものを手に入れられるようになるものでござんす。そして、こちらの袋は『ハンターバターサンド』。一流《いちりゅう》のハンターになれるクッキーが入っているんでござんすよ。さあ、どちらにするか、おえらびくださんせ」

「……」

陽太《ようた》は息《いき》ができなかった。「強欲アンコ」に「ハンターバターサンド」。どちらも本当にほしかった。ぜんぜんちがうものなのに、両方《りょうほう》から魂《たましい》をひっぱられるような力を感《かん》じる。

3
クネクネ
ゴミ
月
火
水
木
金
土
日
墨丸

どうしよう。えらべない。

「……両方買《りょうほう》って、だめなの？」

「だめでござんす。買えるのは一つだけでござんすよ」

きっぱりいわれ、陽太《ようた》はますます悩《なや》んだ。かわりばんこに、「強欲《ごうよく》アンコ」と「ハンターバターサンド」を見た。

「強欲アンコ」は、なんだかおもしろい。顔はこわいけれど、魚の形をしているってところがいい。でも、名前的《なまえてき》には「ハンターバターサンド」のほうがぐっとくる。なにより、一流《いちりゅう》のハンターになれるってところがかっこいい。ほしいものがなんでも手に入るより、自分でほしいものをゲットするハンターのほうが、みんなからも「すごい！」っていわれる気がする。

よし、決《き》めた。決めたぞ。

陽太は、大きく息《いき》をすいこんだ。

「ぼ、ぼく、『ハンターバターサンド』にします！」

「あい。お代《だい》は百円でござんす」

よかったと、陽太《ようた》は目をかがやかせた。百円なら買える。お母さんから、「のどがかわいたら、ジュースでも買いなさい」と、百五十円もらっているから。

すぐにお金を出して、おばさんにわたした。おばさんはにっこりした。

「あいあい。本日のお宝《たから》、平成《へいせい》二十一年の百円玉にまちがいござんせん。では、『ハンターバターサンド』をおとりくださんせ。……ハンターの能力《のうりょく》は、きっと役《やく》に立つことでござんしょう。少なくとも、『強欲《ごうよく》アンコ』の力よりも、ずっとね」

そういいながら、おばさんは「ハンターバターサンド」の袋《ふくろ》を陽太にわたしてくれた。それをしっかりとだきしめて、陽太はほくほく顔で駄菓子屋《だがしや》をあとにした。

家に帰ると、さっそく袋をあけてみた。出てきたのは、大きなクッキーだった。表《ひょう》面《めん》には赤い二重丸《にじゅうまる》が入っていて、まるで的《まと》みたいだ。二枚《まい》がさねになっていて、あいだには、おいしそうな黄色いクリームがはさんである。

クッキーといっしょに、チラシみたいな紙も出てきたが、陽太は、それはすぐにごみ箱《ばこ》にほうりこんでしまった。まだ知らない字ばかりがならんでいて、読むのがめんどうくさかったからだ。それより、早く手に入れたお菓子《かし》を食べなくては。

あーんと、大きく口をあけて、陽太《ようた》は「ハンターバターサンド」にかじりついた。

「うまっ！」

口に入れた瞬間《しゅんかん》、そのおいしさに頭がしびれた。こってりとしたあまいバタークリームと、クッキーのさくさく感《かん》がたまらない。こんなお菓子《かし》、初《はじ》めてだ。

がつがつと、陽太はまるでモンスターみたいに、クッキーをたいらげてしまった。なごり惜《お》しげに指《ゆび》をなめていたときだ。ふいに、すうっと、まわりがしずかになったように感じた。そのかわり、一つの音だけがはっきりときこえてきた。ずしずしっと、床《ゆか》をふむ足音だ。それといっしょに、気配《けはい》もした。この部屋《へや》にむかってきている。

お母さんだ！　きっと、おやつだよと、いいに来たんだ。でも、「ハンターバターサンド」を食べたとばれたら、おやつはおあずけになるにきまっている。

陽太は大いそぎで「ハンターバターサンド」の袋《ふくろ》をかくし、証拠《しょうこ》をすべて消《け》した。

と、ばたんと部屋のドアがあき、お母さんが入ってきた。

「陽太。おやつにしない？」

「う、うん、いいね」

「じゃ、キッチンにいらっしゃい」

「わかった。すぐ行くから」

「手はあらってある？　来る前に、ちゃんと手をあらってきなさいよ。虫をさわった手でおやつを食べてほしくないって、いつもいってるでしょ？」

「わかってるってば。ちゃんとあらうよ」

「んもう。男の子って、ほんとにがさつなんだから」

ぶつぶついいながら、お母さんは部屋《へや》を出ていった。陽太《ようた》は、ほっと息《いき》をついた。

よかった。たすかった。おやつをとりあげられずにすんだぞ。それにしても、よくお母さんが部屋に来るってわかったなぁ。

ここで、陽太ははっとした。

「もしかして……これが、『ハンターバターサンド』の力なのかな？」

そうだ。きっとそうにちがいない。

ためしに、近くになにかいないかなと、感覚《かんかく》をとぎすませてみた。すると、本棚《ほんだな》のうしろに、なにかいるような気がした。

しらべてみると、いた。小さなダンゴムシだ。前につかまえて、うっかり逃《に》がしてしまったやつにちがいない。

お母さんに知られる前に見つけられて、よかった。お母さんはダンゴムシは大きらいで、「チョウとかカブトムシはまだいいけど、ダンゴムシとミミズは、ぜったいに部屋《へや》の中につれてこないで！」と、きつくいっているからだ。

窓《まど》からダンゴムシを逃がしてやったあと、陽太《ようた》は「すごいぞ」と、つぶやいた。えものや危険《きけん》に、いち早く気づける、まるでレーダーのようなするどい感覚《かんかく》。たしかに、ハンターには欠《か》かせない能力《のうりょく》だ。それが自分のものになったなんて。

「すごい！　ぼくってかっこいい！」

うれしくて、ぴょんぴょんとはねまわってしまった。

おやつを大いそぎで食べたあと、陽太はもう一度《ど》、森林公園にもどった。今度《こんど》はすごかった。ちょっと集中《しゅうちゅう》すれば、あちらのしげみ、こちらの草むらと、いたるところからえものの気配《けはい》がするではないか。

それに、なんでもというわけでもない。たとえば、カマキリがほしいと思えば、カマキリの気配《けはい》だけをたどることができる。しかも、えものが逃《に》げる方向《ほうこう》までわかってしまうので、つかまえるのもかんたんだ。

あっという間に、陽太《ようた》の虫かごは、今までとったことのないアゲハチョウやオオクワガタ、カブトムシでいっぱいになった。

陽太は笑《わら》いがとまらなかった。

あした、これをみんなに見せてやるんだ。きっとおどろくぞ。この大物《おおもの》にくらべれば、隆《たかし》たちにとられたショウリョウバッタなんか、たいしたことない。

そんなことを思っていたら、なんと、隆たちがむこうからやってきた。陽太はすばやく、ようすをうかがった。

なんだぁ。隆たち、けっきょく、たいした虫をとってないじゃないか。あのショウリョウバッタがいちばん大きくて、あとは小さなコガネムシが二匹《ひき》だけ。よし。あいつらに、ぼくのえものを見せてやろう。

陽太は胸《むね》をはって、近づいていった。陽太に気づいて、隆たちはばかにしたような顔になった。でも、陽太《ようた》がだまって虫かごを見せると、三人はぎょっとしたように顔をこわばらせた。

信《しん》じられない、と芳樹《よしき》がつぶやいた。

「こ、これ、ぜんぶ陽太がとったのか？」

「そうだよ」

「すげぇ。このオオクワガタ、でかすぎ！」

「こっちのカブトムシ、どこで見つけたんだよ。教えてくれよ」

芳樹《よしき》と湊《みなと》は、熱心《ねっしん》にいってきた。陽太を見る目がきらきらしている。

陽太は、にやっとしていった。

「もしよかったらさ、いっしょに虫とりしない？　穴場《あなば》のとこ、知ってるんだ」

「ほんと？　行く行く！」

「なあ、タカちゃんも行くだろ？」

だが、隆《たかし》はむすっとした顔で、そっぽをむいた。

「なんで、おれが陽太なんかと虫とりしなくちゃいけないんだよ。おれのほうが穴場知ってんだぞ。ほら、湊《みなと》、芳樹《よしき》。行こうぜ」

でも、二人はうごかなかった。

「だけどさぁ、きょうはぜんぜんだめじゃん」

「そうだよ。陽太《ようた》の穴場《あなば》ってとこに、つれてってもらおうよ。おれ、カブトムシほしいんだ」

隆《たかし》の顔が真《ま》っ赤《か》になった。

「勝手《かって》にしろ！」

隆は走っていってしまった。湊たちは肩《かた》をすくめた。

「子どもだよな、タカちゃんって」

「いいじゃん。むこうはむこうでがんばれば。それより、陽太、早く穴場につれてってくれよ」

「いいよ」

そのあと、陽太は「ハンターバターサンド」の力を発揮《はっき》させ、湊たちの前で次々《つぎつぎ》と大物《おおもの》をつかまえてみせた。ほかの子たちとも合流《ごうりゅう》し、夕方になるころには、陽太はすっかりヒーローになっていた。

陽太《ようた》は鼻高々《はなたかだか》だった。みんなに「すごいよ！」といわれるのは、最高《さいこう》の気分だ。

「ハンターバターサンド」を食べて、本当によかった。

「じゃ、そろそろ家に帰ろうか」

「そうだな。なあ、陽太。あしたも、いっしょに虫とりしてもいい？」

「あ、おれもおれも！」

「ぼくも、いっしょにやりたい！」

「あとさ、オニヤンマのとり方、教えてくれよ！」

みんなからせがまれて、陽太はにっこりした。

「ああ、いいよ」

「よっしゃ！　それじゃ帰ろうぜ」

みんなで、ぞろぞろと歩きだそうとしたときだ。一人が、ふと思い出したようにいった。

「そういえば、タカちゃんは？　芳樹《よしき》たち、いっしょじゃなかったの？」

「知らないよ、あいつのことなんか」

「うん。陽太《ようた》といっしょに虫とりしたくないって、意地《いじ》はって、どこか行っちゃったんだ。きっと、もう家に帰ったんだよ」

それはないなと、陽太は思った。

負《ま》けずぎらいな隆《たかし》のことだ。きっと大物《おおもの》をとろうと、ねばっているにちがいない。きょう、陽太がとった虫で、いちばんの大物はカブトムシだ。りっぱな角をもつオスで、大きさは五センチ以上《いじょう》ある。でも、隆がそれ以上に大きなカブトムシをとってしまったら？　最後《さいご》の最後で、あいつに負けたくない。

陽太はいそいで感覚《かんかく》をとぎすませ、隆をさがした。もしまだ公園にいるなら、「もう帰らないとだめだよ。先生や親にいいつけるよ」と、おどして、家に帰らせようと思ったのだ。

隆がどこにいるかは、すぐにわかった。ここからそう遠くない雑木林《ぞうきばやし》の中だ。でも、なんだかようすがおかしい。隆の気配《けはい》がふるえている。気味《きみ》のわるい寒気《さむけ》が、こっちにまでつたわってくる。

なにかあったんだと、陽太《ようた》はさとった。そうわかったからには見すごせなかった。陽太がいきなり走りだしたので、ほかの子たちはびっくりしたようだ。

「おおい、どこ行くの、陽太！」

「そっち、出口じゃないぞ！」

「待《ま》ってよ！」

それでも陽太がとまらないので、みんなもあとを追《お》いかけはじめた。

そうして、全員《ぜんいん》で雑木林《ぞうきばやし》へと到着《とうちゃく》した。

そこに、隆《たかし》がいた。真《ま》っ青《さお》な顔をして、木にすがりつくようにして立っている。陽太たちもぎょっとした。隆のまわりには、ぶーんぶーんと、おそろしい音をたてて、ハチがとびまわっていたのだ。

ただのハチではない。最強《さいきょう》のハチ、オオスズメバチだ。あれにさされたら、命《いのち》もあぶない。それが十匹《ぴき》近くもいる。今は隆がじっとしているので、なにもしていないが、ちょっとでもおこらせるようなまねをしたら、すぐさまおそいかかるだろう。それを知っているから、隆もうごけないのだ。

「や、やべえよ、これ」

「だれか、おとなをよんでこなきゃ」

みんながささやきあう中、陽太《ようた》は覚悟《かくご》を決《き》めた。たすけを待《ま》っていたら、手おくれになってしまう。

「ぼくが隆《たかし》をたすけるよ」

「えっ？　わっ、ば、ばか！　やめろ！」

「むりだって！　陽太！」

とめるみんなをふりはらい、陽太は虫網《むしあみ》を持《も》って歩きだした。

陽太だって、オオスズメバチのことはおそろしかった。ぶーんぶーんという羽音に頭がくらくらして、今すぐ逃《に》げだしたいくらいだ。でも、ここで隆を見すてたら、自分のことが大きらいになるだろう。

（おねがいだよ、『ハンターバターサンド』！　ぼくに力を貸《か》して！　隆をたすけさせて！）

ふいに、右耳のうしろから羽音が近づいてきた。

来た！

そう思ったとたん、陽太《ようた》の体がかってにうごいていた。虫網《むしあみ》をふるい、こちらにとんできた一匹《ぴき》をつかまえたのだ。つづいて、すばやくむきを変《か》え、もう二匹とらえた。

まるで映画《えいが》の中に出てくるさむらいのように、目にもとまらぬスピードで虫網をふるう陽太。そうして、十匹近くいたオオスズメバチをすべてとらえたのだ。

ハチたちがあばれている虫網をそのまま地面《じめん》におくと、陽太は今だと、隆《たかし》にかけよった。オオスズメバチのあごは強力だ。すぐに、うすい虫網を食いやぶって出てきてしまうだろう。そうなる前に逃《に》げないと。

「いそいで！」

「う、うん！」

二人で手をとりあって、雑木林《ぞうきばやし》から逃げだした。外で待《ま》っていた子たちにも、「早くここをはなれるんだ！」と陽太はさけんだ。

そうして、みんなでいっせいに走って、公園の外まで逃げたのだ。

もうだいじょうぶだろうと陽太《ようた》がとまると、みんなも走るのをやめた。

「うへえ、こ、こわかったぁ」

「死《し》ぬかと思った」

「もうやだよぉ」

陽太はというと、そんな言葉《ことば》すら出てこなかった。すっかり息《いき》があがってしまっていたのだ。胸《むね》が痛《いた》くて、足ががくがくして、苦《くる》しくてしかたない。

必死《ひっし》で呼吸《こきゅう》をととのえていると、隆《たかし》がささやきかけてきた。

「あのさ……、おれ、父さんから、すごくいい虫網《むしあみ》、プレゼントにもらえることになってんだ」

「そ、そうなの？」

「うん。本物《ほんもの》の昆虫《こんちゅう》学者がつかってるやつ。それさ、おまえにやるから」

えっと、目をまるくする陽太に、隆は笑《わら》った。

「ありがとな。……おまえ、すげえよ」

陽太は、ほおが熱《あつ》くなった。きょうはたくさん「すごい」といわれたけれど、隆の言葉《ことば》がいちばんうれしかった。今はもう、隆《たかし》がいじわるなやつには見えない。だから、陽太《ようた》はいったのだ。

「あのさ……あした、いっしょに虫とりする？」

隆の顔が、ぱっと明るくなった。

「うん。やる」

陽太と隆は、ぐっと握手《あくしゅ》した。

長浜陽太《ながはまようた》。七歳《さい》。平成《へいせい》二十一年の百円玉で、「銭天堂《ぜにてんどう》」の「ハンターバターサンド」を購入《こうにゅう》。

紅子《べにこ》、一勝《しょう》。

ある日の銭天堂《ぜにてんどう》

その日、「銭天堂《ぜにてんどう》」のおかみ、紅子《べにこ》は、店の中でかたづけをしていた。新作コーナーに新しい駄菓子《だがし》をおき、棚《たな》のほこりをはらったり、おもちゃの位置《いち》を変《か》えてみたりと、いろいろといそがしい。

と、「おじゃまするでやんす」と、背《せ》の高い男が入ってきた。赤い髪《かみ》とひげをはやし、ずるそうな笑《え》みをうかべた男。いわずと知れた怪童《かいどう》だ。

「おや、怪童さんじゃございませんか。どうなすったんでござんす?」

「へへ。ちょいとようすを見にね。勝負《しょうぶ》のほうは、どんな感《かん》じでやんす?」

「せっかちでござんすねぇ。まだ約束《やくそく》の一か月は、半分しかたっていないというに」

「へへ。まあまあ、きかせておくんなさいよ」

せがむ怪童に、あきれた顔をしながらも、紅子は答えた。

「今のところ、こちらの二勝《しょう》、一引き分けってところでござんす」

「ほほう。引き分けっていうのは、どういうわけで?」

「連続《れんぞく》して『銭天堂』に来てくださったお客《きゃく》さまが、いたんでござんすよ。最初《さいしょ》は『最後《さいご》にわら麩《ふ》』をお買いあげになり、二度目《どめ》は『負《ま》け知らずアンズ』をおえらびになったんでござんす」

「ははぁ。あのだんなさんでやんすか。というか、最終的《さいしゅうてき》にこちらの商品《しょうひん》をえらんだなら、引き分けではなく、こっちの勝《か》ちじゃありやせんか？」

「そうでござんしょうか？　お客《きゃく》さまがおえらびになって、そちらに一枚《まい》、こちらに一枚、幸運《こううん》のお宝《たから》が入ったわけでござんすし、引き分けと考えるのが、ふつうじゃござんせんか？」

「それじゃまあ、そういうことにしときやすかね。ところで、紅子《べにこ》さん。できれば、お客にもうちっと、うちのほうの商品《しょうひん》をすすめてくれやせんかね？」

「おや、失礼《しつれい》な」

紅子は大きな体をひとゆすりした。

「これでも、ちゃんとおすすめしているんでござんすよ。こちらの品《しな》ばかりおすすめしては、正々堂々《せいせいどうどう》とした勝負《しょうぶ》にならないでござんすからね」

「でも、まだ『悪鬼《あっき》の型《かた》ぬき七種《しゅ》』をすすめちゃいないんでやんしょ？」

「……」

「いけやせんねえ。あれらを出さないなんて、ずるいでやんすよ。『シェフ・ショコラ』、『毒々《どくどく》らくがん』、『わら人形焼《にんぎょうや》き』、『ジェラシー・ジェリー』、『なまけあめ』、『餓鬼《がき》ニッキ』、そして『失恋《しつれん》クッキー』。どれもこれも、よどみちゃんが改良《かいりょう》に改良をかさねてつくりあげたもの。『わら人形焼き』なんか、たたりめ堂《どう》の看板菓子《かんばんがし》だ。ぜひとも、お客《きゃく》にすすめてほしいでやんすね」

「……ようござんす。それでは、それにふさわしいお客さまがいらしたら、かならずおすすめするといたしましょう」

「そうこなくちゃ。へへへ。これからの勝負《しょうぶ》がますます楽しみでやんすねぇ。いったい、どちらがより多く、幸運《こううん》のコインを手に入れられるのやら。へへ。それじゃ失礼《しつれい》しやすよ」

にやっと笑《わら》って、怪童《かいどう》は出ていった。

シェフ・ショコラ

「うげっ！」

朱里《じゅり》はうめいた。家のドアをあけたとたん、ひどいにおいがおしよせてきたのだ。ものすごくこげくさくて、でもすっぱくて、目と鼻《はな》がぴりぴりしてくるにおい。なんのにおいかはわからないが、なにが原因《げんいん》かはわかる。母親が夕食をつくっているのだ。きょうは、いったいどんなおそろしい料理《りょうり》なのだろう？

（神《かみ》さま！　どうかきょうも、生きのびられますように！）

祈《いの》りながら家に入ると、小学三年生の弟、蒼一《そういち》が子ども部屋《べや》から出てきた。今にも泣《な》きだしそうな顔をしている蒼一に、朱里はささやいた。

「きょうは、どんなやつ？」

「かなりやばいよ。スパゲティをコーラでゆでてる。あと、なんか揚《あ》げてた」

「揚げてるって、コロッケ？」

「真《ま》っ黒《くろ》にこげてたから、わかんない。からあげかもしれないけど。それに、お酢《す》をどばどばかけてたよ」

「それじゃ……また、からあげの南蛮風《なんばんふう》とかいうやつかもね」

姉弟《きょうだい》は絶望《ぜつぼう》の目をかわしあった。

からあげの南蛮風料理《なんばんふうりょうり》。前にも一度《ど》出されたが、油《あぶら》でぎとぎとのからあげの上に、大量《たいりょう》のお酢《す》とジャムをまぜあわせた、なぞのソースがかかっていて、ひと口飲《の》みこむのもたいへんだった。あれをまた食べるのかと思うと、気絶《きぜつ》したくなる。

「ど、どうしよう、姉ちゃん！」

「しずかに！　お父さんから千円もらってるから。今のうちにコンビニでなにか買って、食べとこう。行くよ」

「うん」

弟をつれて、朱里《じゅり》は家から逃《に》げだした。

コンビニにむかうあいだ、二人の顔はとてつもなく暗《くら》かった。蒼一《そういち》が、ぼそりといった。

「うちのママってさ、まるで魔女《まじょ》だよね。食べられるものを食べられないものにしちゃうんだから。あれは料理じゃない。黒魔術《くろまじゅつ》だよ」

「そうだね」

朱里《じゅり》もうなずいた。

「ママの料理《りょうり》って、まずいなんてレベルじゃないもんね」

そうなのだ。朱里と蒼一《そういち》の母親、亜里抄《ありさ》は、とんでもない料理下手《りょうりべた》なのだ。

肉はこげるか生焼《なまや》けのどちらかだし、野菜《やさい》はいつも色がぬけるほどゆでてあって、味《あじ》もなにもあったものではない。ごはんはべちょべちょ。魚は生ぐさいのがあたりまえ。

そのくせ、栄養《えいよう》とかにはうるさくて、栄養のバランスをとるとかいって、おやつのプリンに煮干《にぼ》しや塩辛《しおから》をのせたり、消化《しょうか》にいいからと、ミートスパゲティをミキサーでどろどろにしたやつを出してきたり。

おまけに、「これが人気《にんき》の～」とか、「今はやりの～」というのを、すぐにやりたがる。中途半端《ちゅうとはんぱ》な知識《ちしき》と、ききかじりの情報《じょうほう》なので、たいていは悲惨《ひさん》な結果《けっか》となる。たとえば、「カレーやビーフシチューにチョコをすこし入れると、まろやかになる」ときくと、ホワイトシチューに板《いた》チョコを三枚《まい》も入れ、「まろやかになったでしょ」とじまんしてくるのだ。

チョコレート

やめてくれといっても、ぜったいにきいてくれない。「まずい」といおうものなら、たいへんだ。

「このわたしが、いっしょうけんめい、あんたたちのためを思ってつくってあげたのに！　ちゃんと栄養《えいよう》を考えてやってるのよ！　なによ！　わたしをばかにする気？　きぃぃぃぃぃっ！」

と、わめく。どなる。すねる。

それをなだめるのもひと苦労《くろう》なので、けっきょく、朱里《じゅり》たちはだまって、歯《は》みがき粉《こ》みたいな味《あじ》のハーブステーキや、生魚《なまざかな》の頭がういているおみそ汁《しる》や、サプリメントをまぶしたごはんを食べなくてはならない。

毎日の食事が拷問《ごうもん》だなんて、なさけなくて、本当に泣《な》けてくる。

「ぼくさ、給食《きゅうしょく》がまずいっていう子が信《しん》じらんないよ」

「あたしも。すっごくおいしいから、いつもおかわりしてるもの。おかげで男子に笑《わら》われるけど、気にしてらんないわよ」

「……ていうか、姉ちゃん、来年から中学生で、お弁当《べんとう》を持《も》っていくんでしょ？

……どうすんの？」

「考えたくない……」

おもちゃも本もゲームもいらないから、ふつうのごはんが食べたい。

心の底《そこ》から思ったときだ。ふいに、だれかによばれた気がして、朱里《じゅり》は顔をあげた。

目にうつったのは、細くてうす暗《ぐら》い路地《ろじ》だった。いつも見むきもしないで通りすぎている路地が、きょうはなんだかすごく魅力的《みりょくてき》だった。奥《おく》の暗がりから、「おいでおいで」とよばれている気がする。

思わず立ちどまる朱里を、蒼一《そういち》がせかした。

「どうしたの？　早くコンビニ行って、食料確保《しょくりょうかくほ》しようよ」

「うん……でも……ね、ちょっと、こっちの道を通ってかない？」

「ええっ？　なんで？」

「いいから。こっちのほうが近道だって」

弟の手をひっぱり、朱里は路地にとびこんだ。

行かなくちゃ、行かなくちゃ。

なぜかわからないが、胸《むね》がわくわくしてたまらない。

そうして、二人は小さな駄菓子屋《だがしや》へとたどりついたのだ。「銭天堂《ぜにてんどう》」というりっぱな看板《かんばん》がかけられた駄菓子屋には、見たこともないお菓子《かし》がずらっとならんでいた。

どれもこれも、ため息《いき》が出るような魅力《みりょく》があって、朱里《じゅり》も蒼一《そういち》も、たちまち心をうばわれてしまった。

二人でぼうっと見とれていると、店の奥《おく》から大きな人影《ひとかげ》があらわれた。古銭《こせん》ものついた赤紫色《あかむらさきいろ》の着物《きもの》を着たおばさんで、堂々《どうどう》とした体に雪のように白い髪《かみ》、赤いくちびるが、なんともインパクトがある。

おばさんは朱里たちを見て、にこりと笑《わら》った。

「ようこそおいでくださんした、幸運《こううん》のお客《きゃく》さま。ささ、中にお入りくださんせ。豊《ほう》富《ふ》な品《しな》ぞろえがじまんの『銭天堂』でござんす。おのぞみの品が、きっと見つかるはずでござんすよ」

まねかれるまま、店の中へと入ろうとしたときだ。

朱里《じゅり》は、軒先《のきさき》にならんでいたお菓子《かし》の一つに、目がくぎづけになった。

それは、「団結《だんけつ》ナッツ」と「妖怪《ようかい》ようかん」のあいだにおいてあった。白いつつみ紙でつつまれた小さな箱《はこ》で、赤いリボンがむすんである。リボンにはカードのようなものがついていて、「シェフ・ショコラ」と、チョコレート色の字で書かれていた。

これだ！　これこそ、買わなければいけないものだ！

朱里は夢中《むちゅう》で「シェフ・ショコラ」の箱をつかむと、「これ、ください！」とさけんだ。蒼一《そういち》も、「シェフ・ショコラ」を見るなり、はっとしたように息《いき》をのむ。

ただ、駄菓子屋《だがしや》のおばさんだけは、ちょっととまどったようだった。

「もう、お決《き》めになってしまうんでござんすかえ？　よろしければ、ほかのお菓子も紹介《しょうかい》するでござんすよ」

「いいんです！　これがいい！」

朱里がいうと、蒼一もうなずきながら声をあげた。

「そうそう！　これがほしいんです！」

おばさんはちょっとだけため息をつき、うなずいた。

「ようござんす。お代《だい》は五円でござんす。ただし、昭和《しょうわ》四十年の五円玉で、おしはらいくださんせ」

「昭和四十年の、五円玉？　なんでですか？」

「姉ちゃん、なんでもいいから、早くはらってよ！」

「わかったってば。えっと、あるかなぁ」

さいふを見てみると、なんと、ちょうど五円玉が一枚《まい》だけ入っていた。それも、「昭和四十年」ときざみこまれているやつだ。

ほっとしながら、朱里《じゅり》はそれをおばさんにさしだした。おばさんは受《う》けとると、にっこりした。

「ありがとござんす。本日のお宝《たから》、昭和四十年の五円玉、たしかに受けとったでござんす。どうぞ『シェフ・ショコラ』をお持《も》ち帰りくださんせ」

ただしと、おばさんはすこし心配《しんぱい》そうな顔でつけたした。

「その品《しな》を買いあげたことを、けっして後悔《こうかい》なさらぬように。一度《ど》後悔しはじめると、その気持《きも》ちは、とめどなくふくらんでいくばかりでござんすからねぇ」

「後悔《こうかい》なんかしません！　ぜったいに！」

そう約束《やくそく》して、朱里《じゅり》と蒼一《そういち》は駄菓子屋《だがしや》を出た。もうコンビニに行くこともわすれ、二人で「シェフ・ショコラ」の箱《はこ》をのぞきこんだ。見れば見るほど、胸《むね》がときめいた。ふしぎと、自分たちで食べたいとは思わなかったけれど。

「姉ちゃん。こ、これって、すごいよね？　すごいもんだよね？」

「うん！　ぜったいそうだって！　あ、見て。リボンのカードになにか書いてある」

「読んでよ」

カードのうらには、こんなことが書かれていた。

〈グルメデーモンのパワーを秘《ひ》めた『シェフ・ショコラ』。これを食べれば、どんな人でも、最高《さいこう》のシェフになることができます。料理《りょうり》をつかって、あなたのしもべをどんどん、ふやしていくといいでしょう〉

朱里と蒼一は顔を見合わせた。

「ってことは……」

「姉ちゃん！　これ、ママに食べさせよう！」

「うん！　これ食べれば、料理上手《りょうりじょうず》になれるってことだもんね！」

二人は大いそぎで家にひきかえした。

家の中は、ものすごい悪臭《あくしゅう》が充満《じゅうまん》していた。もう目も鼻《はな》も、のどの奥《おく》までも痛《いた》くなってくる。それをがまんして、朱里《じゅり》たちはキッチンに突入《とつにゅう》した。

そこに、母親の亜里抄《ありさ》がいた。いつものようにけわしい顔をして、なべをかきまぜている。なべの中には、得体《えたい》の知れない灰色《はいいろ》のスープが入っていた。

朱里はむりやり笑顔《えがお》をつくって、「ママ！」とよびかけた。

「なによ。いそがしいから、キッチンでは話しかけないでって、いつもいってるでしょ」

「ご、ごめんね。でも、ちょっとだけだから」

「そうだよ、ママ。ぼくらからプレゼントがあるんだ」

「プレゼントぉ？」

首をかしげる母親に、二人は「シェフ・ショコラ」をさしだした。

「はい、これ。いつも、お料理がんばってくれてるから。お礼《れい》のチョコレート」

「二人で買ってきたんだ。ねえ、食べてみて。きっとおいしいよ」

ところが、亜里抄《ありさ》はふんと鼻《はな》を鳴らして、そっぽをむいてしまった。

「いらないわよ。あたしは今、チョコを食べないようにしてるの。どこで買ってきたんだか知らないけど、人工甘味料《じんこうかんみりょう》がどっさり入ってるんでしょ、それ？　体にわるいわ」

「ママぁ～！　そんなこといわないでさぁ」

「そうよ。プレゼントなんだから、ちゃんと食べてってば」

ここで負《ま》けるものかと、朱里《じゅり》と蒼一《そういち》は必死《ひっし》でねばった。なんとしても、「シェフ・ショコラ」を母親に食べさせなくては。

とうとう亜里抄は音《ね》をあげた。

「ああもう！　うるさいわねぇ！　わかった！　ひと口だけ食べるから。それでいいでしょ？」

「うん！」

「ああ、やだやだ。子どもって、なに考えてるのかしら。こんなものにお金なんかつかったりして。もったいないったら」

悪態《あくたい》をつきながら、亜里抄《ありさ》は「シェフ・ショコラ」のつつみ紙を乱暴《らんぼう》にひきさいて、箱《はこ》のふたをはずした。

「うわ、ぶきみ！」

亜里抄が顔をしかめたので、朱里《じゅり》たちも箱をのぞきこんだ。

箱の中には、チョコでできた小人《こびと》がいた。ぽってりと太っていて、頭と体には、ホワイトチョコでできた白いコック帽《ぼう》とエプロンをつけている。にやりと笑《わら》っている顔は邪悪《じゃあく》だった。目には赤い砂糖玉《さとうだま》がはめこまれているし、口からはきばがはえている。あめでできた長い包丁《ほうちょう》を持《も》っているところが、やたらリアルな感《かん》じだ。

うんざりしたように亜里抄がいった。

「ねえ、これ、ほんとに食べなきゃだめなわけ？」

「うん！　おねがい！」

「プレゼントなんだからさ！」

「……ひと口だけだからね」

亜里抄《ありさ》は、いやそうに小人《こびと》をつまみあげ、コック帽《ぼう》のところをちょっとだけかじった。とたんに、目をまるくした。

「あら……けっこういけるじゃない」

もうひと口と、今度《こんど》は大きくかぶりつく。

けっきょく、亜里抄はぜんぶ「シェフ・ショコラ」を食べてしまった。そのことがはずかしかったのだろう。亜里抄は急《きゅう》におこりだした。

「ふん。やっぱり安物《やすもの》ね！　ろくなもんじゃないわ。それなりに味《あじ》はつくってあるけど、舌《した》ざわりは最低《さいてい》。飲《の》みこむときに、のどにざらっときたし。ほら、もういいでしょ！　キッチンから出てってよ。まだ、夕ごはんのしたくがのこってるんだから、じゃましないで！」

台所《だいどころ》を追《お》いだされた朱里《じゅり》と蒼一《そういち》は、ひそひそと言葉《ことば》をかわした。

「うまくいったのかな？　これでママ、料理上手《りょうりじょうず》になれるのかな？」

「わかんない。でも、とりあえず、ぜんぶ食べてくれたわけだし……うまくいくんじゃない？」

「そうでないと、こまるよ。あのなべ、見た？　すごい色してたよね？」

「うん。あんなの、ぜったい食べられないよ。……夕ごはんまでに『シェフ・ショコラ』の効果《こうか》が出てくれないと、あたしたち、きょうこそ死《し》んじゃうかも」

どうかどうか、一秒《びょう》でも早く効果があらわれますように。

夕食の時間になるまで、二人は子ども部屋《べや》で必死《ひっし》に祈《いの》りつづけた。

とちゅうで、父親の英信《ひでのぶ》も帰ってきた。「きょうはなんだろうな。めずらしく、へんなにおいはしてないけど」と、キッチンのほうをうかがう父親に、「きょうは、きっとだいじょうぶだよ、たぶん……」と、朱里《じゅり》ははげました。

そして……。

「ごはん、できたわよ！」

ついに、亜里抄《ありさ》の声がした。

覚悟《かくご》を決《き》め、朱里、蒼一《そういち》、英信はキッチンへと入った。入ったとたん、おいしそうなにおいにノックアウトされた。口の中で、どばっと、つばがあふれるような、いいにおいだ。

テーブルを見れば、そこには、いろどりも盛《も》りつけもかんぺきな料理《りょうり》がならんでいる。まるで高級《こうきゅう》レストランのような光景《こうけい》だ。

絶句《ぜっく》している家族《かぞく》に、亜里抄《ありさ》はいらいらしたようにいった。

「ほら、なにしてんの！　さめちゃったら、まずくなるでしょ！　早くすわってよ！」

「は、はい！」

朱里《じゅり》たちは、あたふたとテーブルについた。

見た目もにおいもかんぺきだけど、はたして味《あじ》はどうだろう？

朱里は、おそるおそる料理《りょうり》を口にはこんだ。

ひと口食べたとたん、頭の中が真《ま》っ白《しろ》になった。

「おいしい！」

気が遠くなるようなおいしさとは、まさにこのことだ。

ぱりっときつね色にあがったからあげは、肉がジューシーで、かめばかむほど肉汁《にくじゅう》があふれてくる。甘酸《あまず》っぱいソースをかけて食べれば、さらにうまみが増《ま》して、それこそ食べるのがとまらない。

いつもはがりがりにかたい生煮《なまに》えのポテトサラダも、きょうはクリームのようになめらかで、マヨネーズもくどくなく、ハムときゅうりとの相性《あいしょう》も抜群《ばつぐん》。粒《つぶ》がぴんと立ち、かがやくようなつやを放《はな》っているごはん。みそ汁《しる》もちょうどいい濃《こ》さで、中に入っているお豆腐《とうふ》も、まったくくずれていない。

おいしい！　おいしい！

もうそのことしか頭にうかばず、朱里《じゅり》たちはがつがつと料理《りょうり》をかっこんでいった。英信《ひでのぶ》など感動《かんどう》して、おいおいと泣《な》きだしたくらいだ。

「すごいよ、亜里抄《ありさ》！　きみがこんな料理上手《じょうず》だったなんて！　ぼくは、ぼくはもう……おおおおっ！」

朱里も蒼一《そういち》も泣きだした。こんなにおいしいごはんを食べられるなんて、なんて幸《しあわ》せなんだ。

そんな家族《かぞく》を前に、ふふんと、亜里抄は肩《かた》をそびやかした。

「そうよ。わたしにかかれば、どんな料理もちょちょいのちょいだって、あんたたち

もようやくわかったようね。いいわ。これまでの無礼《ぶれい》はゆるしてあげる。これからは心を入れかえて、わたしのやることなすことに、けちつけないでよね。さもないと、もうなにもつくらないからね」

「はーい！」

朱里《じゅり》たちは心をこめて返事《へんじ》をした。

これからは、超幸《ちょうしあわ》せな毎日が待《ま》っているにちがいない。そう思った。

だが……それは大きなまちがいだったのだ。


一か月後、朱里と蒼一《そういち》は、げっそりとした顔で見つめあっていた。亜里抄《ありさ》の料理《りょうり》がまたまずくなってしまったから？

いいや、そのぎゃくだ。

本当に、「シェフ・ショコラ」の威力《いりょく》は絶大《ぜつだい》だった。絶大すぎた。朱里も蒼一も英信《ひでのぶ》も、あまりにおいしい料理にがっちり胃袋《いぶくろ》をつかまれて、もう亜里抄の料理以外《いがい》は食べたくなくなってしまったのだ。

それをいいことに、亜里抄《ありさ》はまるで女王さまのように好《す》き勝手《かって》にやりだした。自分にさからうな。いうことをなんでもきけ。だんなはもっとはたらいて、お金をかせげ。子どもたちは有名校《ゆうめいこう》に行けるよう、毎日塾《じゅく》へ行け。英語《えいご》やピアノも習え。そうでないと、わたしがじまんできない。

あれをやれ。これをやるな。

朱里《じゅり》たちが、ちょっとでもいやがったりすると、「もう料理《りょうり》つくんないわよ。それでもいいの？」と、おどしてくる。まるで悪意《あくい》のかたまりだ。

そして、そうおどされるたびに、朱里たちはちぢみあがってしまう。亜里抄の料理を食べられなくなるなんて、考えるだけでふるえがくる。

本当に悲《かな》しいことだが、いいなりになるしかない。

今では、おいしすぎる料理が、くさりのように思えてきた。朱里たちにまきつき、身《み》うごき一つさせてくれない、極太《ごくぶと》のくさりだ。逃《に》げたいのに逃げられない。

「……ママに『シェフ・ショコラ』を食べさせたのは、失敗《しっぱい》だったね」

「うん」

朱里《じゅり》も蒼一《そういち》も、今になって、ようやくわかった。

問題《もんだい》があったのは、母親の料理《りょうり》の腕《うで》ではなく、性格《せいかく》のほうだったのだ。だいたい、性格がゆがんでいなければ、家族《かぞく》がいやがっているのに、あんなひどい料理をつくりつづけるわけがない。

失敗《しっぱい》したと、子どもたちは後悔《こうかい》した。「シェフ・ショコラ」を買った駄菓子屋《だがしや》には、ふしぎなお菓子《かし》がいっぱいあった。きっと、ヒステリックでわがままな性格をなおすお菓子もあったはずだ。なんで、あせって決《き》めてしまったんだろう。「シェフ・ショコラ」なんか買うんじゃなかった。

後悔ばかりがふくらんでいく。

落《お》ちこんでいる二人のところに、キッチンから、よだれがたれそうなステーキのにおいがただよってきた。きょうも、料理はすこぶるおいしくて、亜里抄《ありさ》はすこぶるいじわるなのだろう。

まずい料理三昧《ざんまい》だった昔《むかし》と、がんじがらめにしばられて息苦《いきぐる》しい今。いったい、どちらが不幸《ふこう》なんだろう?

朱里《じゅり》と蒼一《そういち》は毎日考えるが、答えはいつも出ないのだ……。

浦安朱里《うらやすじゅり》。十二歳《さい》。特別購入者《とくべつこうにゅうしゃ》。昭和《しょうわ》四十年の五円玉で、料理下手《りょうりべた》な母のため、「たりめ堂《どう》」の「悪鬼《あっき》の型《かた》ぬき菓子《がし》」の一つ、「シェフ・ショコラ」を購入《こうにゅう》。怪童《かいどう》、一勝《しょう》。

おもてナシ

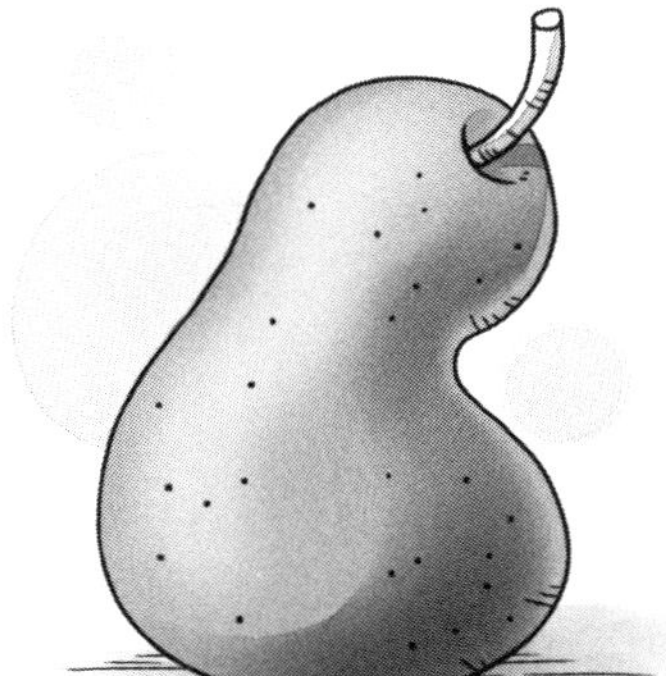

「ああ、かったりぃ。仕事《しごと》行きたくねぇ」

朝、目がさめるなり、辰雄《たつお》はぼやいた。

辰雄は二十五歳《さい》。タクシーの運転手《うんてんしゅ》をしている。仕事はそこそこいそがしい。町に大きな工場がどんどん建《た》ち、都市化《としか》がすすんだおかげで、人も道路《どうろ》も一気《いっき》にふえたからだ。当然《とうぜん》、タクシーをつかう人も多くなる。

もともと、辰雄は車を運転することは好《す》きだ。あちこちによびだされることにも、長距離《ちょうきょり》運転をすることにも不満《ふまん》はない。子どものころから住《す》んでいるので、いろいろな抜《ぬ》け道《みち》や近道もよく知っている。やろうと思えば、ほかの運転手よりずっと速《はや》く、目的地《もくてきち》にお客《きゃく》をはこぶことだってできる。

それなのに、なぜ仕事に行きたくないのか。

ずばり、お客への対応《たいおう》だ。

「お客さまには、親切に、ていねいに、にこやかに接《せっ》すること」

これは、辰雄の会社のモットーであり、決《き》まりだ。だが、辰雄はそれがにがてだった。特《とく》に、べらべらおしゃべりをしたがるお客の相手《あいて》をするのが、いちばんつかれる。

「客《きゃく》は、だまってうしろのシートにすわっていればいいんだよ。そのかわり、こっちは、おのぞみの場所《ばしょ》にちゃんとつれてってやるんだから。なんで、話したくもない相《あい》手《て》としゃべんなきゃならないんだよ。めんどうくさい」

だから、お客から話しかけられても、辰雄《たつお》はほとんど返事《へんじ》をしない。せいぜい、うなずくくらいだ。この運転手《うんてんしゅ》は無口《むくち》なんだと、わかってくれるお客もいるが、酔《よ》った客の中には、おこりだす者《もの》もいる。

で、「おたくのところの運転手は失礼《しつれい》だ。もっとちゃんと客あしらいをさせろ！」と、会社に苦情《くじょう》が入り、辰雄は社長にがんがんにおこられることになるのだ。

きのうも、それでおこられた。

「おまえな、タクシーはサービス業《ぎょう》なんだぞ。おもてなしだ、おもてなし！　しゃべるのがにがてなのはともかく、きちんとあいさつと返事ぐらいしてみせろ！　できないっていうなら、セミナーを受《う》けて、おもてなしってもんを勉強《べんきょう》してこい！　次《つぎ》、トラブル起《お》こしたら、くびだぞ！　いいな！」

どなる社長にぺこぺこと頭をさげながら、辰雄《たつお》は心の中でつばをはいていた。

(けっ！　なんでこのおれが、よく知らない客相手《きゃくあいて》に、にこにこしなくちゃならないんだよ！　となりに住《す》んでるおばさんにあいさつするのも、いやなんだぞ！)

もちろん、セミナーなんかに行くつもりはない。そんなめんどうなこと、だれがするものか。だが、たしかにまずい状況《じょうきょう》だ。このままだと、本当にくびになってしまうかもしれない。

愛想《あいそ》のよささえ、かんたんに手に入れば、おれの毎日は、すごくうまくいくんだけどな……。

そんなことを考えながら、会社に行くためにおんぼろスクーターにまたがった。

だが、しばらくすると、スクーターがブスブスンッと、へんな音をたてはじめた。

「くそ！　なんだよ、このぽんこつ！」

つくづくついていないと思いながら、辰雄は道路《どうろ》わきにスクーターをとめて、エンジンをしらべようとした。

そのとき、きみょうな気配《けはい》を感《かん》じた。うしろから、ふっと、冷《つめ》たい息《いき》を吹《ふ》きかけられたように、ぞくりとしたのだ。

あわててふりかえると、そこに男がいた。とても背《せ》が高く、やせている男だった。長いシルクハットをかぶっているせいで、エンピツみたいにひょろ長く見える。髪《かみ》ととがったあごひげは赤く染《そ》めてあり、黒いスーツの上に黒いマントをまとっているすがたは、手品師《てじなし》のようにも見えた。

男は、にやにやしながら話しかけてきた。

「おこまりのようでやんすね、お兄さん」

「ん……あんま、じろじろ見んなよ、おっさん」

「まま、そうつんけんしないで。それ、修理《しゅうり》が必要《ひつよう》でやんしょ？」

「あんた、できるってのか？」

「いやいや、あたしは不器用《ぶきよう》でやんして。ただ、教えてさしあげやすよ。この路地《ろじ》をちょこっと行った先に、バイク屋《や》があるんでやんす。なあに、すぐそこでやんすから。がんばって歩きなさいやし」

そういって、男はぽんぽんと辰雄《たつお》の肩《かた》をたたいた。そのとき、男の指《ゆび》がすこしだけ辰雄《たつお》の耳をかすめた。辰雄は、自分の耳に細工《さいく》でもされたかのような、いやあな気持《きも》ちになった。

でも、こちらがもんくをいうよりも早く、男はさっさと歩きさってしまった。

「……ちぇっ！　なんだってんだよ」

悪態《あくたい》をついたあと、辰雄は男が教えてくれた路地《ろじ》を見た。細長い通路《つうろ》が、ずうっと奥《おく》までつづいている。

なぜか、そちらに歩いていきたくなった。

「しかたない。行ってみるか」

辰雄はスクーターをおして、路地へ入っていった。一歩すすむごとに、車の音や人のざわめきが遠のき、しんしんとしたしずけさにつつまれていく。なんだかふしぎな気持ちになった。夢《ゆめ》の世界《せかい》にでもまよいこんだかのようだ。

そうこうするうちに、ふいに、目の前に駄菓子屋《だがしや》があらわれた。「銭天堂《ぜにてんどう》」という看板《かんばん》のかかった、古びたふんいきの駄菓子屋だ。

店の前には、おかみさんらしき着物《きもの》すがたの女がいた。そうそうお目にかかれない

カッパ

ほど大きなその女は、手にはたきを持《も》って、ていねいに商品《しょうひん》のほこりをとっていた。あまいものが好《す》きなわけでもないのに、辰雄《たつお》はふらふらとそちらに近づいていった。

どうしても、あの店に入らなくてはいけない。これは運命《うんめい》なんだから。

頭の奥《おく》でささやく声がする。

やってきた辰雄を見て、おかみさんはにこりとした。

「これはこれは。『銭天堂《ぜにてんどう》』にようこそ、幸運《こううん》のお客《きゃく》さま。ほしいものは、なんでござんしょう？　なんなりと、この紅子《べにこ》にお申《もう》しつけくださんせ」

「な、なんなりと？」

「あい。なんなりと、でござんす。お客さまのおのぞみをかなえるための『銭天堂』でござんすから」

おかみさんの流《なが》れるような言葉《ことば》と、にこやかな笑顔《えがお》に、辰雄はイラッときた。

のぞみをかなえる？　なんだよ。こんな駄菓子屋《だがしや》のおばさんまで、サービストークができるってのかよ。じゃ、社長にいわせりゃ、おれはこのおばさん以下《いか》ってことか？　ふざけんな！　ようし。なんなりと、といったな。すこしこまらせてやれ。辰雄《たつお》はわざと、とんでもないことをいってやることにした。

「おれ、人と話すのがきらいなんだけど、仕事《しごと》でそうもいかなくてさ。……なんかこう、適当《てきとう》に相手《あいて》と話を合わせられるようになりたいんだよね。そういう菓子《かし》って、なんかないの？」

このおばさん、さぞこまった顔をすることだろう。辰雄はそう思ったのだが……。

きらっと、おかみさんの目が光った。

「ござんすとも。ええ、ええ。うってつけのがござんすよ」

「えっ！　ま、まじ？」

「あい。ちょいとお待《ま》ちくださんせ」

そういって、おかみさんはいったん店に入り、またすぐに出てきた。

「本日は、おすすめが二つあるんでござんすよ。どちらでも、好《す》きなほうをおえらびくださんせ」

さしだされたおかみさんの両手《りょうて》には、それぞれ一つずつ、菓子がのっていた。

一つは、きれいな桃色《ももいろ》の和紙《わし》でつつまれ、淡《あわ》い黄色のひもでむすんであるお菓子《かし》だった。「らくらくがん」と、名札《なふだ》がついている。その名札も、見ているだけで楽しくなるような花の形をしていた。

もうひとつは、洋《よう》ナシみたいなくだものだった。ひょうたんのような形だが、なんだか軽《かる》くおじぎをしているようにも見える。色はうっすらとした黄緑色《きみどりいろ》だ。

「こちらの『らくらくがん』は、人生やものごとが、なんでも楽しく感《かん》じられて、人と接《せっ》するのがおっくうでなくなるお菓子でござんす。お味《あじ》は、やさしい桃味《ももあじ》で、とろけるような口どけがじまんでござんす。そして、こちらは……『おもてナシ』でござんす。名前のとおり、もてなし上手《じょうず》になれるくだものでござんすよ。どちらでも、お好《す》きなほうをおえらびくださんせ。ああ、最初《さいしょ》に申《もう》しあげておきますが、お買いあげいただけるのは、一つだけでござんす」

ごくりと、辰雄《たつお》はつばをのみこんだ。どちらも、なぜかのどから手が出るほどほしいのに、一つしか買えないなんて。なんていじわるなんだと思いながら、「らくらくがん」と「おもてナシ」を、かわりばんこに見た。

人生が楽しく感《かん》じられる「らくらくがん」か。たしかに、そうなれば、つらいことがあってもへいきでのりこえられるし、あれこれめんどうだと思うこともなくなって、すごくハッピーになれるだろう。

こっちにしようかと、手をのばしかけたときだ。ふいに、耳が燃《も》えるように熱《あつ》くなった。さっき、赤ひげの男にふれられた耳だ。そして、頭の中に、社長のどなり声がよみがえってきた。

「おまえは、おもてなし精神《せいしん》ってもんがわからんのか！　小学生からやりなおしてこい！」

ぎりっと、辰雄《たつお》は歯《は》をくいしばった。

ほんと、うるさいやつ。そんなに、おもてなしがだいじだっていうのかよ。それじゃ、そいつを手に入れてやろうじゃないか。

社長を見返《みかえ》したくなった辰雄は、「おもてナシ」を買うことにした。ねだんは、たったの十円だった。

辰雄が十円玉をわたすと、おかみさんはうなずき、「昭和《しょうわ》五十一年の」となんとか、つぶやいた。そのあと、おかみさんは、どこかあわれむような顔をしながら、「後悔《こうかい》だけはなさいませんよう、お気をつけなさんせ」といったのだ。

気味《きみ》がわるくなった辰雄《たつお》は、「おもてナシ」を持《も》って、いそいで駄菓子屋《だがしや》を出た。

ふしぎなことに、スクーターはなおっていた。ためしに、もう一度《ど》エンジンをかけてみたところ、へんな音をたてることもなく、ちゃんとかかったのだ。

もしかして、おれをあの駄菓子屋に行かせるために、神《かみ》さまみたいなもんが、スクーターを一時的《いちじてき》に故障《こしょう》させたのかな？

そんなことを思いながら、いそいで会社にむかった。

制服《せいふく》に着《き》がえて、自分のタクシーへと乗《の》りこんだあと、辰雄はあらためて「おもてナシ」を見た。ふしぎなことに、見れば見るほど、自分のためのものだという気持《きも》ちがこみあげてくる。

「おっと。お客《きゃく》を乗《の》せる前に食っておかなくちゃな」

においをかいでみると、さわやかであまいかおりがした。じわっと、つばがあふれてくる。

もうがまんできないと、辰雄《たつお》はがぶりと、「おもてナシ」にかぶりついた。「おもてナシ」はあまく、本当にジューシーで、あとからあとから果汁《かじゅう》があふれてくるようだった。辰雄はそれをあますことなくすすり、やわらかな果肉《かにく》をむさぼった。まるで飢《う》えた獣《けもの》のように、食べるのをやめられなかった。

そうして食べおわったあとで、辰雄はぎょっとした。「おもてナシ」は、小さなしんだけのすがたになっていたが、それが、すごく黒ずんだ、きたない色をしていたのだ。

なんとなくいやな気持《きも》ちになりながら、辰雄はいそいで、しんをごみ箱《ばこ》にすてた。

さあ、これからどうなるんだろう？

わくわくしていると、無線《むせん》が入った。

「十六号《ごう》。十六号。応答《おうとう》してください」

辰雄はいそいで無線《むせん》のマイクをとった。

「こちら十六号。どうぞ」

「板倉《いたくら》さまから呼《よ》び出《だ》しがかかりました。市内《しない》の保健《ほけん》センターにむかってください。

どうぞ」

「了解《りょうかい》」

辰雄《たつお》はタクシーを運転《うんてん》し、保健《ほけん》センターにむかった。そこで板倉《いたくら》というおばあさんを乗《の》せた。辰雄の会社をよく利用《りよう》してくれるお得意《とくい》さまだが、おしゃべり好《ず》きなので、辰雄はにがてだ。

板倉さんのほうも、運転手《うんてんしゅ》が辰雄だとわかるなり、「まぁ、あんただったの」というような顔をした。

なんだ、このばあさん！ いやそうな顔をしやがって！

むかっとした辰雄だったが、ふいに、自分の口がかってにうごくのを感《かん》じた。

「お待《ま》たせいたしました！ 板倉さま。いつも当社のタクシーをつかっていただき、本当にありがとうございます」

なめらかな自分の声を、辰雄は信《しん》じられない思いできいた。しかもだ。どうやら顔には、ほほえみをうかべているらしい。

なんだこれ！ おれ、ぜんぜんそうしようと思ってないのに！

びっくりしている辰雄《たつお》の前で、板倉《いたくら》さんもかたまっていた。それはそうだろう。今まで無愛想《ぶあいそう》で、ほとんど口もきいてくれなかった辰雄が、いきなりにこやかに話しかけてきたら、とまどうのはあたりまえだ。

「え、ええ。きょうもよろしくね」

「はい。おまかせください。それで、行き先はどちらでしょう？」

「えっと……あの、それじゃ、豊姫橋《とよひめばし》のほうにやってくれる？　学生時代《がくせいじだい》のお友だちと、お茶の約束《やくそく》をしているのよ」

「わかりました。しかし、いいですねえ。昔《むかし》なじみのお友だちとお茶なんて。豊姫橋には、いいカフェなんかがあるんですか？」

「え、ええ。行きつけのね、コーヒーがおいしいお店があるのよ。『ドナサン』ってカフェ」

「そうですか。それじゃ、ぼくも今度《こんど》ぜひ行ってみなくちゃ」

「あら、あなたもコーヒーが好《す》きなの？」

「大好きです」

「まあまあ、知らなかったわ」

目的地《もくてきち》に着《つ》くまで、辰雄《たつお》はたわいもないおしゃべりをつづけ、板倉《いたくら》さんをよろこばせた。その一方で、「こんなことが自分にできるなんて！」と、ずっと心の中でびっくりしていた。

「はい、着きました。千五百円となります」

「ありがとう。じゃ、二千円で。おつりはいらないわ。あまった分は、あなたがとっておいて」

チップなんてもらうのは初《はじ》めてで、またまた辰雄はびっくりした。人をよろこばせると、こういういいこともあるんだなと、ちょっと思った。

「ありがとうございます！」

「こっちこそ、ありがとうね」

板倉さんはタクシーからおりようとした。そのしぐさが、辰雄の目にとまった。今まで気づかなかったが、板倉さんは足の関節《かんせつ》がわるいらしい。

そう思ったとたん、またしても体がかってにうごいていた。さっと運転席《うんてんせき》からおりて、板倉《いたくら》さんに手をかしてあげたのだ。

「ありがとう、外山君《とやまくん》。あなた、ほんとはすごくいい人なのねぇ。また今度《こんど》、ぜひおねがいするわね」

「お待《ま》ちしております。ありがとうございました」

運転席《うんてんせき》にもどって、会社への道を走らせながら、辰雄《たつお》はにやっとした。

「すげぇ。効果《こうか》てきめんじゃん。おそるべしだな、『おもてナシ』って」

心の中でなにを考えていようと、めんどうくさいことは、なんでも体と口がかってにうごいてくれる。こんなに楽なことはない。

ひゃっほうと、辰雄は歓声《かんせい》をあげた。

それからというもの、すべてがうまくいくようになった。辰雄のさわやかなおしゃべりと親切さは、お客《きゃく》のあいだでどんどん評判《ひょうばん》となったのだ。

「今どき、あんなに気のきく青年はいない。運転手は外山さんをたのむ」

と、わざわざ指名《しめい》してくる客もふえた。当然《とうぜん》、チップもどんどんたまっていく。

社長にもべたぼめされ、おいしいものをおごってもらえるようになった。

人生絶好調《ぜっこうちょう》！　笑《わら》いがとまらないとは、このことだ！

おまけに、みんなが辰雄《たつお》のことを「すばらしい人間だ」と思っている。そういうのもゆかいだった。

みんな、ちょろいやつらばっかりだぜ。

心の中で、辰雄はせせら笑っていた。

そんなある日、辰雄は一人のお客《きゃく》を乗《の》せることになった。おだやかそうな顔の初《しょ》老《ろう》の男で、グレーのコートを着《き》て、頭にはグレーの帽子《ぼうし》、高級《こうきゅう》そうな懐中《かいちゅう》時計をポケットに入れ、しっかりとしたスーツケースを持《も》った、おしゃれな感《かん》じのする紳士《しんし》だった。

だが、かなりいそいでいるようで、そわそわしている。

「浦丸《うらまる》銀行《ぎんこう》まで行ってください」

「了解《りょうかい》しました」

それだけいって、辰雄は、あとはだまって運転《うんてん》に集中《しゅうちゅう》した。この客は、おしゃべりを楽しむ気分じゃなさそうだと判断《はんだん》したからだ。「おもてナシ」の力のおかげで、お

客《きゃく》がどんなサービスをもとめているのかも、このごろは、わかってきた。まったくありがたいことだ。

銀行《ぎんこう》に着《つ》くと、紳士《しんし》はいったんタクシーからおりた。

「五分でもどってくるので、待《ま》っていてもらえますか？」

「もちろんですよ。ごゆっくりどうぞ」

「いや、五分でもどりますので」

いそぎ足で、男は銀行へと入っていった。そして、きっかり五分後に、タクシーにもどってきた。

「今度《こんど》は中央駅《ちゅうおうえき》へ。いそいでもらえますか？」

「はい。わかりました」

紳士は本当にいそいでいるようだった。汗《あせ》をかき、顔色もわるく、しきりに懐中《かいちゅう》時計を出しては見ている。なにかだいじな用に、おくれそうなのかもしれない。

でも、きょうは思った以上《いじょう》に道路《どうろ》が渋滞《じゅうたい》している。このままの道を通ると、かなりの時間がかかってしまうな。

そう思ったとたん、辰雄《たつお》の手がかってにハンドルを切り、べつの道を走りだした。

「う、運転手《うんてんしゅ》さん！　道がちがうんじゃないですか？」

「だいじょうぶです。こちらのほうが早いので。それより、何時までに中央駅《ちゅうおうえき》に着《つ》きたいとか、ご要望《ようぼう》はありますか？」

「えっと、できれば……三時半の電車に乗《の》りたいんですが」

「きっと間に合わせてみせますよ」

車が集中《しゅうちゅう》する大通りをさけ、裏道《うらみち》を走りに走り……。

この町の道路《どうろ》を知りつくした辰雄ならではの、スペシャルコースだ。

そうして、タクシーはみごと、三時半前に中央駅に到着《とうちゃく》したのだ。

辰雄のはなれわざに、紳士《しんし》は目に涙《なみだ》をうかべてよろこんだ。

「ありがとうありがとう！　本当にたすかりましたよ！」

そういって、なんと、五万円も辰雄にわたしてくれたのだ。それから、風のようにタクシーをおり、中央駅へと走りこんでいった。

辰雄は笑《わら》った。

「ったく。なにをいそいでたんだか知らないけど、いい客《きゃく》だったなぁ。こんなに気前《きまえ》のいいやつ、初《はじ》めてだぜ。よっし。きょうは寿司《すし》でも食おうっと。ああ、いいことづくしだよなぁ。おれってほんと、ついてるよ」

だが、幸運《こううん》は永遠《えいえん》につづくものではないのだ。

次《つぎ》の日、辰雄《たつお》が会社に行くと、そこにはパトカーが二台、とまっていた。何事《なにごと》かと思っていると、社長が青い顔をして走ってきた。

「おい、外山《とやま》！　おまえ、きのう、銀行《ぎんこう》まで客《きゃく》を乗《の》せたか？」

「え？　ああ、はい。男性《だんせい》のお客さんを乗せましたよ」

「やっぱりか！」

「なんなんですか、いったい？」

「おまえがきのう乗せたのは、銀行強盗《ぎんこうごうとう》なんだよ！」

うそだと、辰雄は目を見はった。あんな品《ひん》のいい紳士《しんし》が、銀行強盗だって？

「じょ、冗談《じょうだん》でしょ？」

「冗談なもんか。銀行員《ぎんこういん》さんを刃物《はもの》でおどして、一千万もの大金《たいきん》をスーツケースにつめさせたらしい。たった五分の早わざだったそうだ。で、監視《かんし》カメラに、おまえが運転《うんてん》するタクシーに犯人《はんにん》が乗《の》りこむのが写《うつ》ってたって、今、警察《けいさつ》が来ているんだよ。……なんで、こんなまねをしたんだ、ばかやろうめ！」

「えっ！　お、おれはただ、お客《きゃく》を乗せただけですよ。銀行強盗《ぎんこうごうとう》だなんて、知らなかったんです！」

「だけど、おまえ、ふつうの道じゃなくて、裏道《うらみち》しか通らなかったそうじゃないか。強盗があったあと、警察はすぐに緊急配備《きんきゅうはいび》をしいたそうだ。なのに、おまえのタクシーはひっかからなかった。おかげで、やつはまんまと逃《に》げちまったそうだ……おまえ、犯人《はんにん》とグルとかじゃないよな？」

社長の言葉《ことば》に、辰雄《たつお》はやっと自分がピンチなのだということに気づいた。

「ち、ちが、ちがいますよ。い、いそいでいるっていってたから、道を変《か》えて、渋滞《じゅうたい》にひっかからないようにしてあげただけで」

「よけいなことしやがって！　おまえがそんなふうに気をきかせなけりゃ、犯人はつかまってたはずなのに。どうしてくれるんだ！　うちのタクシーが犯人につかわれている映像《えいぞう》が、これからニュースにばんばん出るんだぞ！　会社としちゃ大ダメージだ！」

おこる社長のうしろから、がっちりとした警察官《けいさつかん》たちがあらわれた。「おもてナシ」の力のおかげで、辰雄《たつお》にはすぐにわかった。警察は、辰雄を犯人《はんにん》の仲間《なかま》だとうたがっている。というか、仲間であってほしいとのぞんでいる。

そして、そうのぞまれてしまったら、辰雄はそういうふうにふるまってしまうだろう。相手《あいて》ののぞみどおりのことをするのが、「おもてナシ」の力なのだから。

なんてこった。これじゃ、おれは破滅《はめつ》だ。ああ、こんなことなら、「おもてナシ」なんか食べなければよかった。

辰雄は目の前が真《ま》っ暗《くら》になった。

外山辰雄《とやまたつお》。二十五歳《さい》。昭和《しょうわ》五十一年の十円玉で、「天獄園《てんごくえん》」の「おもてナシ」をえらぶ。

怪童《かいどう》、一勝《しょう》。

餓鬼《がき》ニッキ

高坂《たかさか》中学校の体育館《たいいくかん》では、女子バレーボール部《ぶ》が熱心《ねっしん》に練習《れんしゅう》をやっていた。きょうは、二つのチームに分かれての対戦《たいせん》練習だ。本当の試合《しあい》さながらに、部員《ぶいん》たちは気合いを入れて勝負《しょうぶ》している。

バシッ！

ものすごいいきおいでとんできたボールを、一年生の優香《ゆうか》がひろった。つづいて、二年生の愛海《あいみ》がアタックをしかける。でも、タイミングが合わず、ボールはネットにひっかかってしまった。

とたんに、どなり声がひびいた。

「なにやってんのよ、愛海！」

「これで三回目だよ！　わかってんの！」

チームのほかのメンバーだ。みんなこわい顔をして、ミスをした愛海をにらみつける。

「ご、ごめん。次《つぎ》はちゃんと決《き》めるから」

「冗談《じょうだん》じゃないわよ！　一回ならまだしも、三回もミスるなんて！」

「それ、本番でやられたら、しゃれにならないんですけど」

「そうですよ、山口先輩《やまぐちせんぱい》」

「もっと練習《れんしゅう》したほうがいいんじゃないんですか？」

一年生まで、愛海《あいみ》を責《せ》めだした。キャプテンであるゆずかは、あわててあいだに入った。

「ちょっと待《ま》って。みんな、よしなよ。愛海だって、がんばってるんだから」

「がんばってれば、なんでもゆるされるっての、ゆずか？」

「そうだよ。もうすぐだいじな試合《しあい》があるのよ！　足ひっぱられたら、たまんないわよ！」

「キャプテンは勝《か》ちたくないんですか？」

今度《こんど》は、ゆずかが責められてしまった。

前は、こんなではなかった。このバレーボール部《ぶ》のメンバーは、みんなとても仲《なか》がよくて、どんなミスをしても、「ドンマイ！　気にしないで、次《つぎ》をがんばろう！」と、笑顔《えがお》でいいあっていたのに。

今のみんなの目はぎらぎらとして、殺気立《さっきだ》っている。おたがいのことをにくみ合っているみたいだ。

それを見ると、ゆずかは胸《むね》がつまった。みんなをこんなふうにしてしまったのは、ほかならぬ自分だったからだ。

「あたしったら……ほんとにバカだ」

自分のことを呪《のろ》いながら、ゆずかは半年前のことを思い出した。


半年前、バレーボール部《ぶ》は一つの節目《ふしめ》をむかえた。それまで部活《ぶかつ》をささえてくれた三年生たちが、受験勉強《じゅけんべんきょう》のために部を去《さ》ったからだ。新たなキャプテンのもと、チームは再出発《さいしゅっぱつ》することになった。

そのキャプテンが、ゆずかだった。

ゆずかは、はりきった。これからは自分がチームをまとめて、日本一になってみせる。そう誓《ちか》ったのだ。

だが、なかなかうまくいかなかった。日本一になるどころか、ゆずかがキャプテンとなってから、チームは一度《ど》も勝《か》てなくなってしまったのだ。

理由《りゆう》はいろいろあるが、とにかく、強かった三年生の先輩《せんぱい》たちがぬけてしまったことが、あまりに大きかった。一年生たちは、まだまだひ弱だし、団結力《だんけつりょく》も弱い。二年生の部員《ぶいん》は、キャプテンとしてのゆずかをまだ信頼《しんらい》していないようだ。

そんなこんなで、あっという間に、チームはぼろぼろになってしまった。

試合《しあい》に負《ま》けてばかりなので、だんだんと、ゆずかはほかの部員たちのことがにくらしくなってきた。

みんな、のんきすぎる。いい試合ができれば負けてもいいなんて、最低《さいてい》のいいわけだ。勝たなくては、どんな試合も意味《いみ》がないのに。これじゃ、必死《ひっし》でがんばっているあたしが、バカみたいじゃないの！

ゆずかのイライラがつたわるものだから、空気もすっかりわるくなって、チームワークどころではない。次《つぎ》のだいじな試合に勝たないと、全国大会への道もとざされてしまうというのに。

仲間《なかま》たちへの不満《ふまん》と怒《いか》りで、いっぱいになっていたときだ。ゆずかはふしぎな女の子に出会った。

赤い彼岸花《ひがんばな》もようの黒い着物《きもの》を着た、おかっぱ頭の女の子だった。人形《にんぎょう》のようにきれいな子だったが、笑顔《えがお》がどこかぶきみだった。その子は、「ほしいものがあるなら、うちの店においでよ」と、小さな店へと、ゆずかをつれていってくれた。

「たたりめ堂《どう》」と書かれたのれんのかかるその店で、ゆずかは自分ののぞみをいった。「仲間《なかま》たちを変《か》えたい。自分と同じくらい、勝《か》ちたいと思ってほしい」と。

女の子は、にたりと笑《わら》った。

「いいねえ。若《わか》くて、ぎらぎらしてて。あんたのような欲《よく》をかかえたお客《きゃく》は、大好《だいす》きだよ。よろこんで、うちの菓子《かし》を売ってあげようじゃないか」

そういって、女の子は小さな袋《ふくろ》を一つ、さしだしてきた。その袋の中には、白いあめがざらざらと入っていた。骨《ほね》のような形をしたあめだ。

「こいつは『餓鬼《がき》ニッキ』だよ。うちの看板菓子《かんばんがし》の一つさ。こいつを食べた人間は、勝利《しょうり》に飢《う》える。飢えて飢えて、とにかく勝ちたくてたまらなくなるんだ。あんたのとぼけたお仲間に、食わせておやりよ。効果《こうか》てきめんだろうからね」

たたりめ堂

うそのような話だ。たかがお菓子《かし》で、そんなことができるわけがない。そうわかっているのに、ゆずかはけっきょく、「餓鬼《がき》ニッキ」を買ってしまった。

女の子の言葉《ことば》を信《しん》じるわけではないが、とりあえず、うちの部員《ぶいん》たちに食べさせてみよう。それで、すこしでもがんばってくれれば。せめて、足手まといにならないでくれれば、それでいいから。

翌日《よくじつ》、ゆずかは「餓鬼ニッキ」をひとつかみずつ、仲間《なかま》たちにくばった。

「これ、縁起《えんぎ》のいいあめなんだって。食べると、試合《しあい》に勝《か》てるらしいよ。これ食べて、いっしょにがんばろう！」

部員たちは目を白黒させた。このところ、ゆずかにはどなられてばかりだったのだから、あたりまえだ。

「い、いただきます」

「ありがとうございます」

もそもそと、あめを食べる部員たち。

「どう？」

「う、うん。おいしい」

「おいしいです。それに……ちょっとざらつくけど、なんか、力がわいてくるっていうか」

「あ、うちもそんな気がしてきました。なんか、次《つぎ》の試合《しあい》、勝《か》てそう……ていうか、すごく勝ちたい！」

「ゆずか。これ、ほんとにご利益《りやく》ありそうだよ」

「でしょ？」

よしっと、ゆずかは心の中でうなずいた。みんなのやる気が出てきたみたいだし、これですこしは、ましになりそうだ。

「あれ、先輩《せんぱい》は？　食べないんですか？」

「あたしはいいんだ。それは、あんたたちで食べて」

こうして、「餓鬼《がき》ニッキ」はきれいに部員《ぶいん》たちのおなかにおさまった。よしっと、ゆずかはもう一度《ど》うなずいた。

「それじゃ、練習《れんしゅう》はじめるよ！　ファイト、高中《たかちゅう》バレー部！」

「オーッ!」

ゆずかたちはコートへと走っていった。

その日から、高坂中学校《たかさか》のバレーボール部《ぶ》は劇的《げきてき》に変《か》わった。メンバーのだれもが、勝《か》つことを熱望《ねつぼう》するようになったのだ。そのためなら、どんなハードな練習《れんしゅう》も、もんくもいわずこなし、ひたすら勝利《しょうり》をめざす。

おかげで、この半年間で、信《しん》じられないほど強くなった。今では、どの試合《しあい》に出ても、めったなことでは負《ま》けないほどだ。

まさに、ゆずかがのぞんだとおりだ。だが、その代償《だいしょう》は大きすぎた。「餓鬼《がき》ニッキ」を食べた仲間《なかま》たちからは、きずなや仲間同士《どうし》の思いやりなどが消《き》えてしまった。みんな、もう「勝つこと」しか見えていない。だから、おたがい、へいきでののしり、なにかというと、ぶつかりあう。

こんなの、バレーボールでもなんでもない。勝てればいいと思っていたが、今の状《じょう》態《たい》は最悪《さいあく》だ。

「どうしてよ。なんでこんな……みんなの気持《きも》ちが同じになれば、解決《かいけつ》すると思ったのに……なんでよ……おかしいじゃないの」

部活《ぶかつ》がおわったあと、足をひきずるようにしながら、ゆずかは家へむかう道を歩いた。体も心も、すごくつかれていた。「どうしたらいいんだろう?」と、そればかり思う。

そのせいか、道をまちがえた。気づけば、うす暗《ぐら》い路地《ろじ》の中にいたのだ。そして、目の前には、古びた店が一軒《けん》だけあった。

「駄菓子屋《だがしや》、さん……?」

こんな人気《ひとけ》のない場所《ばしょ》に駄菓子屋があるなんて、きいたこともない。だが、なんともいえない魅力《みりょく》のある店だ。あの女の子につれていかれた「たたりめ堂《どう》」とはまたちがう、魔法《まほう》のような気配《けはい》を感《かん》じる。

もしかしたら、ここにも、「餓鬼《がき》ニッキ」のような、ねがいをかなえてくれる菓子《かし》があるかもしれない。

ゆずかはすいよせられるように、駄菓子屋に入った。

そこには、着物《きもの》すがたのおばさんがいた。雪のように白い髪《かみ》を高くゆいあげ、ガラス玉のかんざしをいくつもさしている。そして、おそろしく大きかった。どっしりとした幅《はば》があり、背《せ》も高い。この人も、昔《むかし》はバレーボール選手《せんしゅ》だったのかもしれないと、ゆずかは思ったほどだ。

おどろいているゆずかに、おばさんはふっくらとほほえんだ。

「『銭天堂《ぜにてんどう》』へようこそ、幸運《こううん》のお客《きゃく》さま」

「へ？」

「この『銭天堂』は、お客さまのおのぞみをかなえる店。しかし……お客さまは、ことのほか、複雑《ふくざつ》な悩《なや》みをおもちのようでござんすねえ。まずは、お話をきかせてくださんせ。そのあとで、おすすめのお菓子《かし》を出させていただこうじゃござんせんか」

おばさんは、わけを話してごらんなさいと、ゆずかにいった。

ぽつりぽつりと、ゆずかは部活《ぶかつ》のことを話した。ふしぎなことに、このおばさんには、なんでもすなおに打《う》ちあけられた。気合いがたりない仲間《なかま》たちにいらいらしていたこと、「餓鬼《がき》ニッキ」を仲間たちに食べさせたこと、仲間たちは勝《か》つことに貪欲《どんよく》になり、そのかわり、チームとしては最低《さいてい》になってしまったこと。

「なんでこんなことになったか、わかんないんです。『餓鬼《がき》ニッキ』で、みんなの気《き》持《も》ちが強くなったのはわかるけど、そのかわりに、チームが前よりもばらばらになっちゃうなんて。あ、あたし、みんなが、あたしくらい勝《か》ちたいと思うようになれば、一致団結《いっちだんけつ》できるって思ってたんです。あんなの……あんなの、バレーボールじゃない。あたしの言葉《ことば》も、だれもきいてくれないし。あたし、キャプテン失格《しっかく》です」

うなだれるゆずかの前で、おばさんはうなずいた。

「なるほど。だいたいのところは、わかったでござんす。つまり、お客《きゃく》さまは、お仲《なか》間《ま》さんと一致団結するか、あるいは、キャプテンとしてみんなをうまくまとめたい、というわけでござんすね？」

「……」

「ようござんす。そういうことなら、この紅子《べにこ》におまかせくださんせ。おすすめの品《しな》が、なんと、二つもあるんでござんすよ」

おばさんは、透明《とうめい》の小さな袋《ふくろ》と、プラスチック製《せい》のカップをとりだして、台の上においた。

袋《ふくろ》には、ナッツがいっぱいつまっていた。まるい金茶色のナッツで、ネックレスのように数珠《じゅず》つなぎになっている。

「こちらは、『団結《だんけつ》ナッツ』というものでござんす。これをチームの人たちといっしょに食べれば、あらふしぎ！　たちまち、かたいきずなでむすばれて、どんな作業《さぎょう》も一致《いっち》団結。きっと、お客《きゃく》さまのおのぞみどおりになるかと。少々、おたがいのことを束縛《そくばく》しすぎることにもなるやもしれませんが、そこはまあ、ご了承《りょうしょう》くださんせ」

そしてと、おばさんはカップのほうを指《ゆび》さした。プリンかと思ったが、どうやらカップラーメンらしい。カップの色は金色で、ふたには王冠《おうかん》の絵と、「王メン」という字が入っている。

「王とは、まさにすべての民《たみ》の上に君臨《くんりん》するもの。究極《きゅうきょく》のリーダーでござんす。この『王メン』には、そんな王の魂《たましい》がこめてござんす。これを食べれば、最高《さいこう》のリーダーシップを発揮《はっき》できましょう。まあ、なんでも自分の思いどおりにできるということで、暴君《ぼうくん》になりやすく、みんなからにくまれやすい、という欠点《けってん》もござんすが……」

ゆずかは完全《かんぜん》に言葉《ことば》をうしなっていた。「団結《だんけつ》ナッツ」と「王メン」に、目をうばわれてしまったのだ。どちらも、強烈《きょうれつ》な魅力《みりょく》があって、胸《むね》をわしづかみされてしまう。えらべない。とてもえらべそうにない。

「りょ、両方《りょうほう》は、だめなんですか？」

「だめでござんす。この『銭天堂《ぜにてんどう》』でお売りできるのは、一つの品《しな》だけ。さあ、おえらびくださんせ」

二つの品のあいだで、ゆずかの心はぐらぐらとゆれた。チームの心が一つになる「団結ナッツ」か、それとも、リーダーとしてみんなをまとめられる「王メン」か。どちらもすごくいい。どちらもほしい。

でも、やっぱり……えらぶとしたら「王メン」だろうか。キャプテンの自分がしっかりとしていれば、しぜんとチームはまとまってくるものだ。それに、王のようになれるのなら、みんなからきっと頼《たよ》りにされるだろう。

そう思うと、ゆずかは胸がひりひりするほど、「王メン」がほしくなった。

でも、手をのばしかけたところで、ふと思ったのだ。「王メン」を食べて、それで本当に満足《まんぞく》できるかしらと。

そのとたん、目の前のきりが晴れるかのように、はっとした。

そうだ。「餓鬼《がき》ニッキ」のときだって、そうだったではないか。最初《さいしょ》は、みんなが強くなればいいと思ったけれど、そんな単純《たんじゅん》なことではなかった。

これじゃきっと、「王メン」を食べても同じだ。「団結《だんけつ》ナッツ」をえらんだとしても、きっと後悔《こうかい》することになるだろう。

自分の力でつかみとったものでなければ、意味《いみ》がないんだと、ゆずかはようやく気づいた。

ちがう。「王メン」も「団結ナッツ」も、本当にほしいものではない。

そう思ったとたん、おばさんがおどろいたように目をまるくした。

「おやおや。ちがうねがいが、できたようでござんすね。なんでござんしょ？　いってみてくださんせ」

「……なかったことにしたいんです」

「と、いいますと？」

「『餓鬼《がき》ニッキ』のことです。あんなの、みんなに食べさせるんじゃなかった……あたしがわるかったんです。みんな、がんばっていたのに……あたし、ちゃんと見てなかった。なんでもっとがんばらないんだって、かってに決《き》めつけて……チームをあんなふうに変《か》えちゃう資格《しかく》なんて、あたしにないのに」

だから、みんなをもとにもどしたい。そして、今度《こんど》こそ、和気《わき》あいあいとしたチームにしたい。

目に涙《なみだ》をためているゆずかを、おばさんはじっと見つめていた。と、にこっと笑《わら》ったのだ。

「そういうことなら……ほかのお店の商品《しょうひん》ではござんすが、『餓鬼ニッキ』の効果《こうか》を消《け》しさってしまうことも、ええ、できないわけじゃござんせん。ただし……」

「た、ただし……?」

「お客《きゃく》さまは、自分の欲望《よくぼう》のため、ほかの人に『たたりめ堂《どう》』のお菓子《かし》を食べさせた。その効果を打《う》ち消すためには、お客さまのかけがえのないものを一つ、さしだしていただかないと。この場合は、お客さまのバレーボールへの情熱《じょうねつ》でござんす」

「情熱《じょうねつ》？」

おじけづくゆずかに、おばさんは、ずいっと身《み》をのりだしてきた。その顔はもう笑《わら》っていなかった。

「それをうしなえば、どうなるか。もうおわかりでござんすね？　たとえ試合《しあい》に勝《か》ったとしても、以前《いぜん》のように、心がわきたつことはござんせん。おそかれ早かれ、お客《きゃく》さまは、バレーボールの世界《せかい》から去《さ》ることになるでござんしょう」

「……」

「そうなってもよいという、その覚悟《かくご》は、おもちでござんすかえ？」

今や、おばさんの目はこわいほどに光っていた。大きな体がいっそう大きくなり、小さな店の中に影《かげ》をひろげていく。その影にのみこまれるような恐怖《きょうふ》を、ゆずかはおぼえた。

逃《に》げたい。今すぐ逃げだしたい。でも、でも……！　これ以上《いじょう》、ずるいことはしたくない！

ゆずかは必死《ひっし》でふんばり、ついにさけんだ。

「い、いいです！　覚悟《かくご》、できてます！」

「本当に？」

「は、はい！　み、みんなを、もとどおりにして！」

ふわっと、おばさんが笑《わら》った。ひろがっていた影《かげ》が、すうっと、もとにもどっていく。

「ようござんす。それでは、こちらをお持《も》ちくださんせ」

おばさんは、ラムネくらいの大きさのガラスびんを、ゆずかにさしだした。中には、透明《とうめい》な液体《えきたい》が入っている。

ゆずかがそれを受《う》けとると、びんの中の液体が、いきなり赤くなった。

同時に、ゆずかは、自分からなにかがぬけていくのを感《かん》じた。自分の胸《むね》の中で燃《も》えていたものが、すうっとぬきとられていくような感覚《かんかく》だ。そのさびしさに、思わず涙《なみだ》がわいた。

でも、ゆずかはそれをこらえた。こんなことで泣《な》いてはだめだ。

「これ、みんなに飲《の》ませればいいんですか？」

「あい。そうしてくださんせ。ああ、お代《だい》はけっこうでござんす。これは、菓子《かし》でもなんでもない、うちの井戸水《いどみず》でござんすからね。ちょいとした、おすそわけでござんすもの」

おばさんの目はやさしかった。

「おじょうさんは、よい選択《せんたく》をなさったものでござんす。うちのお客《きゃく》さまになっていただけなかったのは、残念《ざんねん》でござんすけど。もうおじょうさんには、なにも必要《ひつよう》ござんせんね。たとえ、バレーボールをうしなったとしても、きっとまた、新たなものを見つけられることでござんしょう。では、お元気で」

「……ありがと、ございます」

ゆずかはお礼《れい》をいって、駄菓子屋《だがしや》をあとにした。すこし歩くと、よく知っている大通りへと出た。うしろをふりかえったが、もうあの駄菓子屋は見えなくなっていた。

ゆずかは息《いき》をつきながら、下をむいた。手の中では、ガラスびんが燃《も》えるように真《ま》っ赤《か》にかがやいていた。

この中にはきっと、あたしの「情熱《じょうねつ》」がとけこんでいるんだ。すごくきれいな色だったんだ、あたしの「情熱《じょうねつ》」は。

一瞬《いっしゅん》、みんなに飲《の》ませたくないと思った。これをうしなってしまうなんて、惜《お》しい。やっぱり、「王メン」か「団結《だんけつ》ナッツ」をえらんでおけばよかったのかも。

「ううん！　ちがう！」

自分の気持《きも》ちをふりはらうように、ゆずかは首をぶんぶんふった。

こんなこと、考えちゃダメ。後悔《こうかい》するのは、もうたくさんなんだから。おわりにしなくちゃ。

そう思いながら、ゆずかは携帯《けいたい》をとりだし、後輩《こうはい》に電話した。

「あ、もしもし。あたし。ね、みんなに集合《しゅうごう》かけてくれないかな？　だいじな話があるからさ。……うん。うん。ありがと。それじゃ、あしたの放課後《ほうかご》、体育館《たいいくかん》に来るようにメールをまわしといて」

電話を切ったとき、がまんしていた涙《なみだ》が、ひとつぶこぼれた。

それをぐいっとぬぐったあと、ゆずかはしっかりした足どりで歩きだした。

お客《きゃく》が出ていったあと、紅子《べにこ》はゆっくりとうしろをふりむいた。いつのまにか、一匹《ぴき》の猫《ねこ》がいた。絹《きぬ》のような毛並《けな》みと長いしっぽをもつ、それはりっぱな黒猫だ。

にゃあんと鳴く黒猫を、紅子はやさしくなでてやった。

「よしよし、墨丸《すみまる》。おまいさんも見ていたんでござんすね。まさか、かつての『たたりめ堂《どう》』のお客《きゃく》さまが、うちにいらっしゃるとはねぇ。ほんと、思いもしなかったことでござんすよ。まあ、けっきょく、お菓子《かし》は買っていただけなかったわけでござんすけど」

「……にゃん？」

「ん？　なのに、なんでそんなにごきげんかって？　だって、気持《きも》ちいいじゃござんせんか。ああいう気骨《きこつ》のあるお客さまは、いずれかならず幸運《こううん》をつかむ。そうわかっていると、うきうきしてくるんでござんす。ふふ。まさか、この『銭天堂《ぜにてんどう》』にたどりつきながら、お菓子をえらばぬお客さまがいるとは。ああ、ほんとに、人間とはおもしろいものでござんすねぇ。これだから、駄菓子屋《だがしや》はやめられないんでござんすよ」

満足《まんぞく》そうにつぶやいたあと、紅子は黒猫をだきあげた。

「さてと。きょうは、約束《やくそく》の日でござんした。怪童《かいどう》さんに、勝負《しょうぶ》の結果《けっか》をつたえに行かないと。墨丸《すみまる》、おまいさんも、いっしょに行くでござんしょ？　ええ、ええ、そうこなくてはねぇ」

猫《ねこ》に話しかけながら、紅子《べにこ》は店の外へと出ていった。

黒岩《くろいわ》ゆずか。十五歳《さい》の女の子。かつて、「たたりめ堂《どう》」のよどみから「餓鬼《がき》ニッキ」を購入《こうにゅう》。のちに、紅子から「王メン」と「団結《だんけつ》ナッツ」をすすめられるも、しりぞける。

「銭天堂《ぜにてんどう》」の紅子と「天獄園《てんごくえん》」の怪童《かいどう》の引き分け。

エピローグ

暗闇《くらやみ》の中にうかぶ、大きな鳥かご。中にはブランコがつりさがっており、そこに一人の少女がすわっていた。

たけの短《みじか》い黒い着物《きもの》を着ていて、髪《かみ》をおかっぱにした少女だ。年ごろは七歳《さい》くらいに見えるが、その顔はおそろしいくらい美《うつく》しく、ひややかだった。

凍《こお》りついたような顔で、ブランコにすわりつづける「たたりめ堂《どう》」のよどみ。そこに、声がかけられた。

「おひさしぶりでやんす、よどみちゃん」

よどみは下を見た。背《せ》の高い、赤ひげの男がいた。

「ふん。怪童《かいどう》かい」

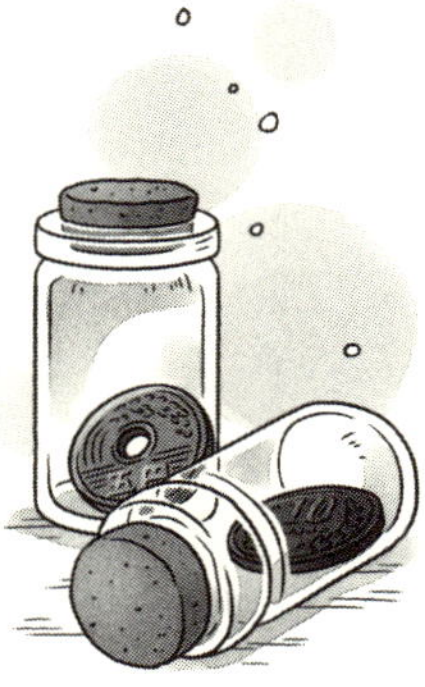

老婆《ろうば》のようなしわがれた声を、よどみは放《はな》った。

「で、どうだったんだい？　紅子《べにこ》をへこませてやれたのかい？」

「それがですねぇ……」

「だめだったのかい？」

「えっと、その、まあ、二勝《しょう》はしたんでやんすが、けっきょく、引き分けになっちまいやしてね」

怪童《かいどう》はもうしわけなさそうにいいながら、ふところから小びんを二つ、とりだした。中には一枚《まい》ずつ、小銭《こぜに》が入っている。

ぎろっと、よどみは怪童をにらみつけた。

「ふん。たった二枚しか手に入らなかったっていうのかい？　なさけないね。あたしがくれてやった『悪鬼《あっき》の型《かた》ぬき七種《しゅ》』は？　あれは、つかわなかったのかい？」

「とんでもない！　つかいやしたとも。というか、このうち一枚は、『悪鬼の型ぬき七種』のうちの一つ、『シェフ・ショコラ』で勝《か》ちとったものでやんして。いやぁ、さすがは『たたりめ堂《どう》』の看板菓子《かんばんがし》だっただけあって、威力《いりょく》は絶大《ぜつだい》でやんすよ」

よどみのきげんをとるように、怪童《かいどう》はどういう勝負《しょうぶ》があったかを、くわしく話していった。よどみはだまってきいていたが、最後《さいご》の客《きゃく》の話になると、目をつりあげた。

「『餓鬼《がき》ニッキ』を買った娘《むすめ》？ ……そういえば、ここにとじこめられる前に、背《せ》の高い小娘《こむすめ》に『餓鬼ニッキ』を売りつけてやったね。その娘が『銭天堂《ぜにてんどう》』に行ったっていうのかい？」

「へい。でも、なにもえらばず、なにも買わなかったそうでやんす。紅子《べにこ》さんも、ただ井戸水《いどみず》をわたして帰したと、そういっていやした。引き分けのくせに、ずいぶん楽しそうなようすでやんしたよ」

「楽しそう？ ふん。そりゃそうだろうよ。あいつはまた、あたしの客をうばったんだから。井戸水をわたしただけだって？ ちがうね。あいつは、そうすることで、うちの菓子《かし》の効果《こうか》を消しちまったんだ。ちくしょうめ！ この勝負《しょうぶ》、あたしらの負《ま》けさ。ああ、あいつの笑《わら》っている顔が、目にうかぶようだよ」

にくにくしげにはきすてたあと、よどみはむっつりとだまりこんだ。

怪童は、おそるおそる話しかけた。

「まあ、あの……二勝《しょう》二敗《はい》、二引き分けってのは、紅子《べにこ》さんもみとめてることでやんすし。まったく同等《どうとう》の勝負《しょうぶ》だったたってことで、わるくない結果《けっか》なんじゃありやせんか？」

「……」

「あの、よどみちゃん？　……おこってるんでやんすか？」

「いや」

よどみは首をふった。その口もとが、にいっと、おそろしい笑《え》みをつくった。

「ちょっと安心《あんしん》してるのさ。今、あんたの話をきいて、つくづく思ったんだよ。やっぱり紅子をやっつけるのは、あたし自身《じしん》の手でなきゃ。そうじゃなきゃ、とても気がすまないってね」

「そ、そうでやんすか」

「もうすぐ、あたしも、この鳥かごから出られるからね。そうしたら、くくく、紅子に、目にもの見せてやる。ああ、楽しみだねぇ」

よどみの目が、らんらんと光りはじめていた。さながら青い鬼火《おにび》のようだ。

「まあ、あんたは、それなりによくやってくれたよ。約束《やくそく》どおり、今後は『悪鬼《あっき》の型《かた》ぬき七種《しゅ》』を好《す》きにつかってくれていいからね。ああ、その小びんをおいてっておくれよ」

「わかりやした。それじゃ、あたしはこれで失礼《しつれい》を」

怪童《かいどう》は小びんを鳥かごの中に入れると、そそくさとすがたを消《け》した。

よどみはブランコからおり、二つの小びんをひろいあげた。中の小銭《こぜに》をながめながら、「銭天堂《ぜにてんどう》」の紅子《べにこ》のことを頭に思いうかべた。

「……きっかけは、三十年くらい前だったねぇ」

あの夜、よどみは大きな繁華街《はんかがい》をぶらぶらとしながら、客《きゃく》になりそうな人間をさがしていた。町には、いろいろな人間があふれていた。男、女、老人《ろうじん》、若者《わかもの》。不満《ふまん》そうな顔をしている者、楽しそうに笑《わら》っている者、暗《くら》い影《かげ》を背負《せお》った者、うつろな目をした者。どれもこれも、よどみにとってはおいしい相手《あいて》だ。

でも、その日のよどみは、とりわけいじわるな気分だった。客にするなら、幸《しあわ》せそうな人間か、あるいは正直《しょうじき》な人間にしようと決《き》めていた。そういう人間を黒くそめあげるのは、最高《さいこう》に楽しいからだ。

そして、ついに見つけた。

むこうから歩いてきたのは、まだ学生らしい若者《わかもの》だった。まっすぐな目をしており、いかにも正義感《せいぎかん》が強そうだ。おまけに、なにかよいことでもあったのか、やたらうれしそうな顔をしている。

この若者から、どろどろの悪意《あくい》をひきだせたら、さぞ楽しいだろう。

そう思って、よどみは若者に声をかけた。

「お兄さん、お兄さん。なんか、いいことがあったみたいだねぇ。よかったら、うちの店で話をきかせておくれよ。もしかしたら、ふふ、その幸《しあわ》せを倍《ばい》にしてあげられるかもしれないよぉ」

よどみの声はしわがれているが、ねっとりとあまい。この声をかけられた人間は、たいていさからえなくなってしまう。

ところが、この若者はちがった。びっくりしたようによどみを見るなり、「だめじゃないか」と、よどみの肩《かた》をつかんだのだ。

「こんなおそい時間に、きみみたいな小さな子が一人で歩いてちゃいけない。親は？　どこにいるんだい？　名前と住所《じゅうしょ》、いえる？」

「はっ？　あ、あんた、なにいってんだい？」

「迷子《まいご》ってことか。しかたない。たしか、すぐそこに交番があったな。よし。おいで。お兄さんがつれてってあげる」

「ちょいと！　はなしておくれよ！」

「こわがらなくていいんだよ。おまわりさんのとこに行くだけだからね。ほら、だいじょうぶだから」

あわてるよどみの手をひっぱり、若者《わかもの》はずんずん歩きだした。そうしながら、よどみを安心《あんしん》させようと思ったのか、きいてもいないことをべらべらとしゃべった。

「お兄さんは、将来《しょうらい》、警察官《けいさつかん》になるつもりなんだ。昔《むかし》から、わるいやつをやっつけるのが夢《ゆめ》でね。今は、警察学校に入ったばかりなんだよ」

「ふうん。そうなのかい」

よどみは、ようやく自分をとりもどした。警察官《けいさつかん》になりたい若者《わかもの》か。それならちょうど、うってつけの菓子《かし》がある。

よどみは、わざとあどけない声でいった。

「ねえ、お兄さん。それなら、あたし、いいお菓子を持《も》ってるの。お兄さんはやさしいから、特別《とくべつ》にあげるよ」

よどみはふところから、「地獄《じごく》の正義《せいぎ》　閻魔《えんま》あめ」をとりだした。食べれば、正義《せいぎ》感《かん》が高まるが、それはどんどんエスカレートしていき、しまいには自分の考えだけが正しいと思いこんで、他人《たにん》を悪者《わるもの》と決《き》めつけるようになるというもの。けっきょくは食べた者に破滅《はめつ》をもたらすわけだが、よどみにとっては、そのほうがありがたい。

とにかく、この若者のことだ、きっと、とびついてくるにちがいない。

そう思ったのだが……。

若者は、「地獄の正義　閻魔あめ」をちらっと見ただけだった。

「いや、いいよ」

「えっ！　な、なんでだい！」

「じつはさ、お菓子《かし》なら、もう食べちゃったんだ。さっき落《お》とし物《もの》を見つけて、とどけた先が、変《か》わった駄菓子屋《だがしや》さんでね。そこにあったお菓子がすごくほしくなって、思わず買って食べちゃったんだ」

「……まさか。な、なんてお菓子だい？」

「『正義《せいぎ》の味方《みかた》　ヒーロー刑事《デカ》プリン』ってやつだよ。店を出て、すぐに食べたんだけど、すっごくうまくてね。なんかもう、なにもいらないって感《かん》じなんだよ。だから、それはおじょうちゃんが食べな」

「……せ」

「えっ？」

「はなせ！」

よどみは若者《わかもの》の手をふりはらい、路地裏《ろじうら》へと逃《に》げこんだ。色白の顔が、怒《いか》りで真《ま》っ赤《か》になっていた。

「正義の味方　ヒーロー刑事《デカ》プリン」だって？　まちがいない。「銭天堂《ぜにてんどう》」の商品《しょうひん》だ。

「……よくも恥《はじ》をかかせてくれたね！」

自分がねらいをつけた若者《わかもの》が、すでに「銭天堂《ぜにてんどう》」の客《きゃく》だった。そして、若者は「銭天堂」の菓子《かし》をえらんだくせに、自分の菓子には見むきもしなかった。そのことは、強烈《きょうれつ》な屈辱《くつじょく》として、よどみの中にきざみこまれたのだ。

同じ菓子をあつかう店として、以前《いぜん》から目ざわりだとは思っていた。「運《うん》」なんて中途半端《ちゅうとはんぱ》なものを売《う》り物《もの》にしているところも、気に入らなかった。だが、今回のことで、一気《いっき》ににくしみがわいた。

それ以来《いらい》、よどみは「銭天堂」と、そのおかみの紅子《べにこ》を徹底的《てっていてき》につぶしてやろうと、執念深《しゅうねんぶか》くチャンスをうかがってきたのだ。

にくらしい。にくらしい。

ありったけのにくしみをこめながら、よどみは手の中の小びんをゆっくりとふった。すると、びんの中で小銭《こぜに》がぐねぐねとうごきだし、形を変《か》えはじめた。

やがて、二枚《まい》の小銭は、二匹《ひき》の小さな招《まね》き猫《ねこ》へと変わった。ただし、銭天堂にいる招き猫たちとはちがい、よどみの手の中で生まれた二匹は、闇《やみ》のように黒かった。

よしっと、よどみは笑《わら》った。

数は少ないが、ほしいものはこうして手に入った。あとは、自分がこの鳥かごから出るだけだ。そしてそれは、そう先のことではない。

「……もうすぐだよ、紅子《べにこ》」

暗闇《くらやみ》を見すえながら、よどみはそっとささやいた。

「もうすぐ、このよどみさんが復活《ふっかつ》するからね。そのときは、あんたの、あのふゆかいな店を、まるごとつぶしてやる。待《ま》っておいで。待っておいでよぉ」

それから、と、よどみは黒い招《まね》き猫《ねこ》たちに目をむけた。

「あたしがここを出たら、あんたたちには、うんとはたらいてもらうからね。また、店を出すんだ。すてきなすてきな店をねぇ」

招き猫たちを肩《かた》にのせ、よどみは楽しげにブランコをこぎはじめた。

暗《くら》い鳥かごの中で、ぎいぎいと、ブランコが音をたてる。そのぶきみな音は、いつまでも、いつまでもつづいた……。

墨丸絵日記

4月4日はれ

きょうは花見でしたにゃ。いつもがんばってくれてる、まねきねこさんたちのために、ごしゅじんさま、いっぱいごちそうを作りましたにゃ。おいしくて、たのしくてきれいで、いいことなしの一日でしたにゃ。

7月21日 はれ

きょうは、にわで花火をしましたにゃ。赤、みどり、青、金。色とりどりの火花がちりましたにゃ。でも、ぼくもごしじんさまも、せんこう花火が一番すきですにゃ。

10月15日　くもり

きょうは、秋の新作だがしのおひろめでしたにゃ。「こわくないもんしモン」、「お月見グミ」、「モフモフマシュマロ」、「金きんつば」、「がっ栗せんべい」。ぼくが気にいったのは、「お月見グミ」ですにゃ。

12月29日　雪

きょうは雪。ごしゅじんさまに、さいしょに会った日も、雪でしたにゃ。「すみのように、きれいな子でごさんすねえ」といって、ぼくをひろってくれた、ごしゅじんさまのかみも、雪のよう。ぼくは雪がすきですにゃ。

作

廣嶋玲子

（ひろしまれいこ）

神奈川県生まれ。『水妖の森』でジュニア冒険小説大賞受賞。作品に『送り人の娘』『火鍛冶の娘』（角川書店）、『盗角妖伝』『ゆうれい猫ふくこさん』（岩崎書店）、『魂を追う者たち』（講談社）、「魔女犬ボンボン」シリーズ（角川書店）、「こちらハンターカンパニー希少生物問題課」（角川書店）、「夢の守り手」シリーズ（ポプラ社）などがある。

絵

jyajya

（ジャジャ）

福岡県生まれ。モバイル事業を中心とした会社で、アプリ制作、コンテンツ制作、サイト運営に携わる。2011年にフリーデザイナーとして独立。CG会社でイラスト制作など、活躍の場を広げている。

http://www.juno.dti.ne.jp/~jyajya/

ふしぎ駄菓子屋《だがしや》　銭天堂《ぜにてんどう》7

発行　2017年2月1刷
　　　2021年7月32刷

作　者　　廣嶋玲子
画　家　　jyajya
発行者　　今村正樹
発行所　　株式会社 偕成社《かいせいしゃ》
　　　　　〒162-8450　東京都新宿区市谷砂土原町3-5
　　　　　電話(03)3260-3221(販売部)
　　　　　　　(03)3260-3229(編集部)
　　　　　http://www.kaiseisha.co.jp/
印　刷　　中央精版印刷株式会社
製　本　　株式会社　常川製本

ISBN978-4-03-635670-6　NDC913　182p　19cm

公式
ガイドブック
銭天堂の世界《せかい》を、
より楽しく。さらにくわしく！
ふしぎ駄菓子屋《だがしや》
銭天堂《ぜにてんどう》にようこそ
廣嶋玲子　jyajya　著
書き下ろしのお話や
四コマまんがも！
登《とう》場《じょう》した駄菓子を
一《いっ》挙《きょ》解《かい》説《せつ》！
お店や登《とう》場《じょう》人《じん》物《ぶつ》を
カラーで公《こう》開《かい》！